中公文庫

# 健全なる美食

玉村豊男

中央公論新社

# VILLA D'EST CUISINE

## Dolce Vita Sobria

写真 小沢忠恭
スタイリング 村垣洋一

CONTENTS

### printemps

## été



## automne

# VILLA D'EST CUISINE

Dolce Vita Sobria

## hiver




本文レイアウト　小林ひとみ（K・I・P）

# DOLCE VITA SOBRIA

ドルチェ・ヴィータ・ソブリア。
甘き健全なる生活。これが我が本拠地ヴィラデストの銘である。
もっとも健全なる生活こそが、もっとも甘美なるものでなくてはならない。
そしてもっとも質朴な食事が、この世の最上の美食であらんことを――。

朝は早く起きる。起きたらすぐに、犬を連れて散歩に出る。それから朝食。豆を挽いてコーヒーをいれ、なにかパンを食べる。天気の良い日ならば、外のテラスで朝霧に包まれた遠い町を眺めながらのこともある。

スケジュールはきわめてシンプルだ。

春から秋は、とにかく外に出て働く。四千坪の畑を持つ我がヴィラデスト農園では、つねに仕事は無限にある。ワイン用ブドウ、加工用トマト、飾りカボチャ、ハーブ、果樹、花、豆、芋、さまざまの野菜たち。それらのすべてに手と声をかけてまわるだけで一日は潰れる。そして風の涼しい夕刻になると、私は心地よい汗と疲労感と、その日の収穫を抱えて家に戻るのである。

それからシャワーを浴び、新しいシャツを着、最初はビール、次いでグラスの中身をワインに代えて、喉を潤しながら料理のしたくにとりかかる。あとは食べて、飲んで、寝るばかり。

そんな暮らしの中から、いくつかの料理が生まれた。

いや、そんなふうに、あたかもいくつかの新しい料理が創造されたかのように書くのは間違いだろう。

料理に著作権はない。

どんなに斬新な素材の組合せを思いつこうと、いかに新奇な調理法を案出しようと、特許を取るわけにはいかない。

それは料理が食べられてしまえば跡形もなくなってしまうこと、かつて地球上にいかなる料理が存在したかを実証し得るすべがないことにも関連していようが、本質的に料理は編集と引用であり、決して創造ではないという消息を説明してもいる。

もちろん、私の料理は、そんな微妙な問題を考えさせるほどにエディティヴでもなければクリエイティヴでもない。ただ、畑からとれた野菜を見て、とりあえずいくつかの常識的な調理法を考え、他人に聞いたり他人がやっていたのを見たりした経験を思い出し、あるいはときに所蔵の書物を参照し、その中から自分にできそうな部分だけをピックアップして、与えられた条件と時間の範囲内でなんとかそれらしいものをでっちあげる程度の作業である。たいそうな前説を振る必要もあるまい。

いずれにせよ、東京をはじめ国内のあちこちに出かけたり海外に旅行したりして外泊することが年間七十日前後、それ以外のほぼ三百に近い日数を私は信州の農園で寝起きし、家にいる限りかならず台所に立って毎回の食事を用意している。本書は、季節の移ろいとともに変化する、そうした日常の風景の記録でもある。

# *printemps*

雪にまみれた泥濘のあとに、砂埃に煙る春がやってくる。
新しい緑の季節。思い切り、汗をかきたい気分になっている。

# ニョッキの玉子ソース

*Gnocchi Campagnard à la sauce pascale*

春は、復活と再生の季節である。

我がヴィラデスト農園の周辺の樹木にまだ新緑の気配はないが、土の柔らかくなった畑を歩くと、もう足もとには雑草の若葉が逞しく伸びてきていて、オオイヌノフグリなど、小さな青い花をつけている気の早い奴もいる。

復活祭を祝って、ニョッキをつくろうかと思う。

私たちはパスタが好きで、いつでも簡単に料理ができるよう乾麺を各サイズ取り揃えてあるが、ときにはデュラム小麦のセモリナ粉から、直接に手づくりすることもある。パスタは乾と生ではまったく別の食べものといっていいほどに違うもので、いわゆるアルデンテの硬度を求めるなら乾麺に限るし、手づくりしてフレッシュなうちに食べるのなら、フェトチーネかそれ以上の幅広麺のほうがおいしい。

なかでも、粉にジャガイモを混ぜてつくるニョッキは、あの田舎風のモチャッとした舌ざわりがなんともいえず懐かしいようなうれしいような、私たちの大好物なのだけれども、肝腎のそのテクスチュアは、マッシュポテトをつくるところからはじめないとなかなかうまくいかないのだ。

復活祭の象徴は、いうまでもなくタマゴである。

固い殻に閉ざされた、あたかも鉱物のような、動かない、タマゴ。そのタマゴから、突然、新しい生命がこの世に生まれ出てくるありさまを眺めて、人々はそこに復活と再生の物語を読み取ったのである。だからユダヤ教徒、キリスト教徒のみならず、多くの民族が、花や緑が生まれはじめる春の季節に、彩色を施したタマゴの殻を飾って再びめぐってくる豊饒な自然の恵みに感謝を示す習慣を持っている。

ニョッキは、復活とも再生ともまったく関係はない。

ただ、我が家では、ニョッキをつくるときには、ほとんど必ず、タマゴソースで和えることになっているのである。理由をいえといわれても困る。昔から、そういう習慣なのだ。だから、春を祝ってなにか食べようということになればなにはともあれ《ニョッキ》が頭に浮かぶという、そういう反射神経になっているのである。

ニョッキをつくるために、まず地下室にジャガイモを取りにいった。このところしばらく食べていないが、去年の夏に収穫したジャガイモの残りがまだいくつかあるはずだ。

あった。

あったが、こりゃなんだ。

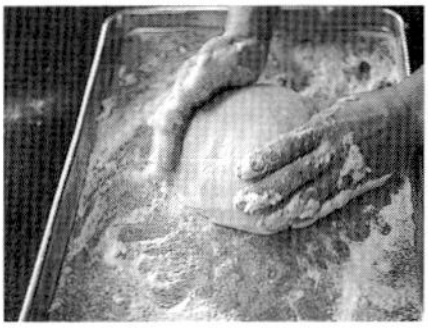

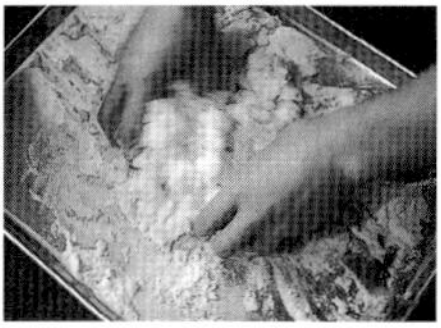

みんな、ニョッキ、ニョッキと芽を出している。駄洒落をいっている場合ではない。実の表皮にはシワが寄って、エネルギーは新しい生命のほうに奪われようとしている。早く食べてやらなければいけない。

芽のところを掻き取って、適当な大きさに切り、茹でてから、潰す。何の変哲もないマッシュポテトだが、春先の古いジャガイモは、水気が抜けている分だけ糖度が高く、旨味も凝縮している。ここでは塩もバターもなにも加えずに、水分を飛ばしながら粗熱をとっておこう。

セモリナ粉は、実に美しい黄色をしている。セモリナ（微粒）というだけあって指の間からサラサラと落ちる細かさ。これを山に盛り、まんなかに窪みをつくって、そこへタマゴを割り落とす。ふつうのパスタをつくるときは粉一〇〇グラムに対して全卵一個の割合で混ぜるとほぼ適当な固さになるわけだが、ニョッキの場合は粉の重さとほぼ同量のマッシュポテトをいっしょに混ぜ込む。だからポテトの水分だけ、タマゴの量を減らさなければならない。両方とも少しずつ加えながら、指先で加減していけばよいだろう。耳たぶより少し柔らかいくらいになったら全体を丸めて、ラップをかけて寝かせておく。

ニョッキは、まあ、どんなかたちに成型してもよい。イモムシみた

いに丸めても、耳たぶみたいにちぎっても。うちでは、指先くらいに丸めたものを小型のフォークの先で押して伸ばしていくのがいつものやりかただ。不器用な人でもできるから、客が来たときなど、みんなでワイワイやれば面白いだろう。たくさんつくり過ぎたら、冷凍してもよいし、乾燥させて保存しておいてもよい。

ニョッキはすぐに茹だる。塩をたっぷり入れた熱湯に放り込むと、ほどなくして浮き上がってくるから、そのまま少し泳がしておいてやる。半分は火の通ったジャガイモなのだし、そもそもかたちも不定だから、何分何秒と神経質になることはない。つまんで食べてみて粉っぽくなければできあがりだ。

おっと、そうだ、ソースを用意しておかなければいけない。

まず、茹でタマゴをつくって、黄身だけを取ってほぐしておく。

タマネギ（と、ごくわずかのニンニク）をすりおろしたものを、オリーブ油でゆっくりと色づかないように炒め、半透明になったらさきほどの茹でタマゴの黄身を加えて混ぜ合わす。このときに、白胡椒の挽いたのを少し振りかけようか。そこへ生クリームをタラーリと垂らして、ヘラで黄身を潰すようにしながら全体をゆるやかなソース状にしていく。味を見て、少量の塩を加えてもよい。プロならここで裏漉しをすれば完璧だが、私はしない。ザラリとした舌ざわりのあるほうが田舎風で、我がヴィラデストの料理にはふさわしいからだ。

私はたいていソースをこの状態まで用意してからニョッキを茹ではじめる。そして茹だり具合を見ながら一方で生タマゴを割り、黄身だけをボウルに取って攪拌しておく。

で、茹だったニョッキを取り出してオリーブ油で軽く和えてから温めておいた皿に盛るやいなや、弱火にかけておいたソースの鍋にその黄身をかけまわしながら混ぜ、火を止める。そうすれば黄身は余熱で溶けこんで、見事な色のタマゴソース（別名《復活祭のソース》）ができあがるという寸法だ。すぐにニョッキにかけて供する。

ちょっと手間がかかるといえばかかるが、これは実にうまい。

このソースのつくりかたは、昔、イタリアの本で読んで知ったのだが、その後原書をなくしてしまい、つくりかたもうろ覚えだったので、ここに書いたやりかたは自己流である。

Asperges vertes en salade

# グリーン・アスパラのサラダ

*Asperges vertes en salade*

冬のあいだ土が凍って畑の使えない信州の山の上では、アスパラガスがシーズンの到来を告げる最初の野菜である。

我が農園の周囲にはかなり広い範囲にアスパラ畑があって、春と初夏が同時にやってくる五月、まだ新緑が出るか出ないかの時期に、さらさらの土から一本、また一本と、すっくと伸びたアスパラの新梢を見るのはうれしい気分である。

とくに、早朝にとりたてのアスパラを近所の農家から頒《わ》けてもらい、昼のうちに食べるときの美味といったら形容のしようがない。それも待てないときは、とれたてをそのまま朝食の食卓にのぼらせる。太いのは湯がき、細いのはそのまま油で炒め……あるいはブツ切りにして味噌汁に放り込むのも最高だ。ほくっとした歯ざわりと、あの独特の香りが幸福感を与えてくれる。

たいていの野菜がそうなのだが、アスパラガスもとれたてと一日経ったものでは別物といっていいほどの違いがある。この野菜の本当の美味を知り得るのは、産地の田園に住む者の特権だろう。

ヴィラデストの山を下りたところにある集落の、最初に見える畑がSさんのアスパラ畑だ。彼のつくる作品はとりわけ美味なので、いつも季節になると頒けてもらいにいく。農協に出荷する値段で買わせてもらうのだが、するとかならず、出荷基準に外れた、曲がったのや折れたのや細いのをおまけにつけてくれる。ときにはおまけの量のほうが多いくらいに。こうして私たちは、ほぼ一ヵ月のあいだ、《アスパラ大尽》として暮らすのである。

　市販のアスパラを料理する場合、揃った下端の硬いところを二、三センチくらい切り落とすのがふつうで、そうすれば上のグリーンの部分はほとんど皮を剝く必要もない。が、農家からもらう太くて曲がったものなどは、いくつかに裂かない

と硬くて食べにくいことがある。筋張った茎の場合は、やはり表皮は剝いたほうがいいだろう。だから均一でない、さまざまの形状とサイズのアスパラを茹でるときには、どれも細めに削って一様の姿にしてやるのである。そうすれば、生まれた姿がどんなだったかにかかわらず、平等に皿の上で自己主張をすることができるというわけだ。

湯を沸かす。

グラリと沸騰してきたら、たっぷりの塩を投入する。

そして均一の細めに切って皮もなかば削ったアスパラを、ひとつまみずつ、さっとその熱湯にくぐらせる。茹でる、のではない。熱湯を通過させる、のである。熱に出会って緑が鮮やかに変化した瞬間に取り出す。少量ずつ、投げ入れては網ですくう、という作業を繰り返す。そして食べるだけの分量に火が通ったら、熱いうちにドレッシングをからめて、ほとぼりが冷めたらすぐに食べるのがよい。

ドレッシングは好みだが、私はヴァージン・オリーヴ・オイルと赤ワイン酢またはシャンパン酢だけのシンプルなヴィネグレット（酢油）で、いくら食べても飽きない。塩味は茹で湯でつけるから、黒胡椒のミニョネット（荒く潰したもの）を振りかけるだけ。気が向けばコリアンダーの実を散らすくらいのものだ。

ソラマメも初夏のうれしい味覚である。塩茹でして皮を剝き、パルミジャーノを削ったものといっしょにオリーブ油で和え、荒挽き黒胡椒を散らす。小さなソラマメなら、皮つきのまま食べてもよい。

## サラダとドレッシング

「サラダ」という言葉の語源は、「(野菜に)塩(味)をつけたもの」という意味だが、現代では、野菜を中心に魚介から肉類までを含む素材を複数組み合わせて油と酢と塩(と胡椒ほかスパイスやハーブなど)といっしょに混ぜ合わせたもの、と理解するのが一般的だろう。

この場合の、酢と油ほかの混合液体が、いわゆるドレッシングである。ドレッ

レタスはフランスの品種を栽培している。フランス人がサラダとして常食する、柔らかい葉のレタスである。フランスには、日本のような水っぽくてシャキシャキしたレタスはないし、妙に小さくて青いサラダ菜というのもない。大ぶりの柔らかい若緑色のレタス（単に“サラダ”とフランス人が呼ぶ場合はレタスのみのサラダを指すわけだから、サラダ菜とレタスは同義である）に、塩、胡椒、オリーブ油とワインヴィネガー（油３に酢１くらいの割合）、好みでフレンチ・マスタードを少し混ぜたドレッシングをたっぷりかけて食べる。レタスは、なんといっても、もぎたてがおいしい。本当は、畑に生えているのに、そのままかぶりつくのがいちばんいい。

シングは、ドレスを着せる、装う、という意味だから、素材に衣裳をまとわせてやる、という感覚が大切だ。

具体的には、野菜の水分はあらかじめよく切っておくこと。ひとつひとつの素材に、まんべんなくドレッシングがかかるようにすること。やさしくていねいにかき混ぜてドレスを着せ、着せたらすぐに人前に出すこと。時間を置くと野菜の水分が滲み出して、せっかくのドレスが台なしになってしまう。

油は、オリーブ油、大豆油、綿実油、コーン油、紅花油、なんでもよい。それらのどれかに、香りの強いゴマ油や落花生油、クルミ油などを少量混ぜるのも面白い。

酢は、ワインヴィネガー、日本の酢、中国紅醋、バルサミコ、その他の醸造酢でもよいし、レモンをはじめとする柑橘類の絞り汁もよく使われるが、ひどくすっぱいブドウとかザクロとかいった果物も潰せば香りのよいドレッシングの材料になり得る。

Praires et porc à l'alentejo

# アサリと豚肉のアレンテージョ風

*Praires et porc à l'alentejo*

外国から帰ってくると、料理の腕が少し上がる。いつもとは違った素材に触れ、異なった感覚の味を知り、調理法を聞き……体験が世界を広げ、その広がった世界を再現しようと新鮮な興味を持ってまたキッチンに立つからだ。そうして、旅行帰りに試みたいくつかのレシピの中から、我が家の定番として残る料理もある。

アサリと豚肉のアレンテージョ風。

これもそうした料理のひとつである。アレンテージョはポルトガル東南部を占める広大な地域で、海岸線から山岳地帯までを含んでいる。そこに、貝と豚肉という、意外な《出会いもの》の発見があったのだ。私は二十年以上も前から、なぜかこの料理が妙に好きで、何度も繰り返しつくっている。長い間にはつくりかたも微妙な変化を経ているが、まあ、だいたい次のようなものだ。

豚肉を、一口大に切ってマリネする。

豚は、このごろは贅沢になって黒豚の肩ロースを使う。私は、豚は脂身が旨い（肉月に旨いと書いて脂である）と思っているので、適度に脂肪のついた肉を用いることにしているが、好みで部位はどこでもよい。切った肉をバットに並べ、粗塩と黒胡椒を振りかけ、ニンニクのみじん切りをまぶし、上からたっぷりのオリーブ油と、白ワインを注ぐ。一時間ほど放っておこうか。その間に、アサリのほうも砂を吐かせておく。

実際には、とくにマリネなどしなくてもよいのである。

鍋にオリーブ油（またはラード）を熱し、豚肉をニンニク（とタマネギ）とともに炒めたところへアサリを放り込み、全体をガラリと混ぜたらワインを注いでフタをする。アサリの殻が開いたらできあがり。ワインを日本酒で代用してもよい。時間のないときにはしばしばこうしてつくるが、日常の惣菜としてはこれで非の打ちどころがない。

料理の本を読むと、肉を一晩マリネしておけ、と書いてある。たしかにそうすれば硬い肉は柔らかくなるし、ハーブなどもいっしょに漬けておけば良い香りも移るけれども、私は、とくに理由はないが、肉に水分が浸透してふにゃふにゃになるのがどうも嫌いなのである。昔と違ってそんな硬くて臭い肉を使うわけでもなし、むしろ新鮮な歯ごたえと肉の持つ本来の香りを大切に思うので（もっと私が年をとれば別だが）、マリネの時間は最小限に抑えたい。ただ、ここでは、《マリネmariner/mariné》という言葉に惹かれてマリネをするだけの話だ。

《マリネ》は、直訳すれば、

「海に浸す、海の水に同化させる」

という意味である。つまり、森の中で飼われていた豚が、海に棲む貝たちと出会うための儀式として……。

ポルトガルでは、殻にシワのある、ちょっと日本では見かけない種類の貝を使うようだが、私はアサリにしている。マリネするとき（ないしは炒めるとき）に加える香草も、試行錯誤の結果、私はローズマリーと月桂樹の葉だけに絞った。白ワインは辛口のものならなんでもよい。

マリネした肉は、いったん汁気をよく拭ってから油で炒める。肉を炒めるときにタマネギのみじん切りをいっしょに炒めるが、タマネギはなければなくてもよい。肉の表面に軽く焦げ目がついたら、バットに残っているマリナード（漬け汁）を、濾しもせずそのまま鍋の中にあける。火は強火だから、ジャッと激しい音がするだろう。そこへアサリを一挙に加える。かきまわして、汁気が足りないようなら新しく白ワインを注ぐ。このとき鍋を傾けて火を呼び込み、炎を立ててアルコール分を焼ききってしまうとよい。そのままフタをして、貝殻の開くのを待つ。もう一度詳しく説明すればそういうことだが、いずれにしても短時間でできあがる。

豚とアサリ、と聞くと、たいがいの人が一瞬気味悪そうな顔をするが、実はなんとこれが絶妙のコンビなのである。

海の幸と山の幸（豚も仲間に入れてやろう）をともにひとつ鍋で調理するケースは、欧米の料理ではむしろ珍しい範疇に属する。東洋ではエビでもイカでも肉類と合わせて炒めたりすることがしばしばあるのに対して、西洋ではそうした例を探すのに苦労する。パエリャはそのひとつの例だが、これもイベリア半島のものである。魚や貝と肉を合わせるというのは、あるいは東洋的な発想なのだろうか。

古代ローマでは、ガルムと呼ばれる魚醤を肉料理の調味にも用いたが、その伝統は後のキリスト教社会には伝わらなかった。

魚を網にのせてグリルするという食べかたは、日本にあるが中国から西アジアにいたるユーラシア大陸南岸にはほとんどなく、イベリア半島と地中海に至って再び発現する。

素材と調理法の関係は面白いが、別にそんなことを考えなくても、豚とアサリの相性の良さは誰が食べてもわかるし、この料理の汁がコメの飯に合うのも不思議なほどである。

## 山の上の生活

山の上に住んでいます、というと、

「大変ですね、買物はどうするんですか」

ときく人がいる。ご心配はありがたいが、少なくとも食材の調達という面では、実際にはなんの不便も苦労もない。

たしかに、家は山の上にある。遠くに町は見えるが、まわりに人家はない。しかし、クルマで十分も下ればそこには国道が走っており、なんと二十四時間営業のコンビニがあるのだ。山の上といっても、隔絶されているわけではない。

大型のスーパーも、クルマで三十分の範囲に数軒ある。もちろん、ときどきはそういうところへ出かけていって、こまごまとした日用の必需品を買う。食品も、必要なものはそこで買う。

ただ、山国であるから、どうしても海の幸などは品数が少ない。流通が発達し

ているから鮮度に問題はないが、やはり東京の高級スーパーの鮮魚売場とくらべるのはかわいそうだ（もちろん、値段はぐっと安いけれど）。

魚は、欲しいときは宅配で取り寄せるのがいちばんいい。北海道からサケ、イカ、ホタテ、能登からカニ、瀬戸内からタイ、アナゴ、土佐からカツオ……。電話一本で、港から山の上まで直送してくれるのはありがたい。いい時代になったものだ。

肉は、鹿児島から豚と牛を送ってもらう。最近は地元でも品質のいい牛肉が手に入るようになったので、家のすぐ近くの畜産農家から直接取り寄せることも多くなった。いずれにしても、バラ半身、モモ一本といった具合にブロックで購入し、自分で適当な大きさに切り分けて、真空パックをしてから冷凍する。そうすると、半年以上放っておいてもほとんど品質は劣化しない。真空パック機は、たまたまハーブティーの袋づめ用に使っていたのを利用したのだがなかなか具合がいい。食材専用の冷凍庫は、大型のやつが地下室に備えてある。

# アユの唐揚げ

***Friture d' AYU***

六月から十月までは、千曲川のアユがおいしい。毎年の解禁はだいたい六月二十五日前後、最後のアユを食べるのが十月下旬。信州の短い夏から秋が、この清涼な魚の食べ頃である。

信州人はアユよりもイワナを尊ぶ風があるが、放流されるアユより天然のイワナのほうが数が少ない、というのが理由だろう。私はどちらも好きだが、いずれにしても自分で釣りをするわけではないので、手に入りやすいほうを尊ぶことにしている。

私は、本来食材の入手にはさほどこだわらないほうである。魚にしても、もちろん遠くの海辺の市場から宅配で取り寄せることもしばしばあるけれども、近年の流通のようすをみれば山国でも、タイやマグロを買うことをちゅうちょする理由はない。

よいマグロなら刺身で食べるし、いまひとつと思えばマリネするかステーキのように焼くなど、調理に工夫を加えれば済むことだ。

しかし、アユだけは、スーパーに並ぶ養殖ものはいただけない。

長年、そう思っていた。稚魚のうちならまだ唐揚げにしてしまえばそれほど

気にならないが、成魚になるとあの妙にしつこい脂っこさが鼻につく……。

ところがその迷妄が、昨年来、一気に晴らされることになったのである。

軽井沢に住んでいた頃から、毎年季節になると、川で釣ったから、といってアユを持ってきてくれる人が何人かいる。もちろん天然もの（といっても、琵琶湖あたりから仕入れた稚魚を放流し、成長して再びその川へ戻ってきたところを釣るわけで、本当にその川で生まれた《野生の天然》というのは記念物なみに稀少な存在。しかもこの両者の区別はほとんどつけ難い）で、なるほどスーパーのパック入り養殖アユとは見ても食べても違いがわかる。

しかし昨年いただいたアユのうち、他の《放流天然》を圧して魚体が美しく、味に品格のある、素晴らしいアユがあった。

釣った……という触れ込みだったので、ひょっとすると《野生》か、とさえ思ったのだが、なんと実はこれが、養殖アユだったのである。まったく見事に欺《だま》されたものだ。

それ以来、私はきまぐれな釣果をあてにする必要はなく、いつでも食べたいときに上田市の養魚場へアユを頒けてもらいに行けばよいことになった。なんでもそこはこの地方で最初にアユの養殖をはじめたパイオニアで、千曲川の水を引き込んだりエサに工夫を加えるなど、独特の企業秘密があるらしいが、まず十人に九人、いや百人に九十九人が天然と見紛う、見事なアユを育てている。

細い、しなやかな魚体。

キリリと締まってシャープな輪郭。

銀灰色に黄の、渋く鮮やかな彩り。

食べてみると、身肉はもちろんだが、内臓の爽やかな美味が、なによりも品質のよさを示している。

小さいのは、まるごと唐揚げにする。

氷で締めて息を止めた活けアユを、冷水で洗って表面のぬめりを落としてから、軽く小麦粉をまぶす。余分な粉を払い落とし、熱したオリーブ油の中へ。ふつうの天ぷらを揚げる要領で揚げればよい。背越し（刺身）で食べられる魚だから、表面がカリッと仕上がってヒレの黄色が鮮やかになればだいたいできあがり、と考えていいだろう。

熱々のうちに、油を切り、大皿に盛って早く食べよう。もちろんあらかじめ白ワインかシャンパンをよく冷やしておくのを忘れてはいけない。

アユは淡白のようでいてしっかりした持ち味がある。ほとんど塩を振る必要もないくらいだ。好みでレモンをかけてもよいが、私はなにもせずそのまま、しっぽを指先で持って、天に向かって開けた口に放り込んでやるのがいちばん好きだ。ほろほろとした身肉。カリッとした皮と頭。骨ごとむしゃむしゃと食べる。なによりも、刺激的なハラワタの苦さがこたえられない。

## 農繁期

六月から九月、ちょうどアユが食卓にのぼる期間が、私たちの、一年でいちばん忙しいシーズンである。

信州の山の上では五月の末にいたるまで晩霜の危険が去らないから、ビニールハウスの中で育てていた野菜の苗をおもての畑に定植するのも、天気のようすを見ながらだがだいたい例年、五月の二十日以降。その頃になるとズッキーニをはじめトマトやナスなどの苗はかなり大きくなっているので、もう霜が降りる心配がなさそうだと判断した

ら、一日も早く作業を終えねばならない。

土をスキでおこして、クワを振るって畝を立て、手でビニール（マルチ）を張っていく。とにかく多品種少量栽培だからそれぞれの植物で立てる畝のかたちも幅も違い、機械でいっせいに、というわけにはいかないのだ。大変なしごとだが、一本一本の苗を土に植えてやると、急に元気になってうれしそうに見える。やはり太陽の下で生きるのが本来の姿なのだろう。

定植のしごとは、六月のなかばまで続く。そのあとは、芽かき、支柱立て、雑草とり……と、そのまま休むことのない農繁期に突入していく。

この時期はブドウのほうも若い葉やツルがどんどん伸びて絶えず手入れをしてやらなければいけないのだが、そんなことに時間をとられているうちにあっという間に七月に入り梅雨が明け、野菜たちが次から次へと実をつけはじめるのである。

水田でコメをつくっている農家はお盆の頃には少し休めるようなスケジュールになるのがふつうだが、夏野菜をあれこれつくっているとまったく休みがない。トマトのシーズンが終わる九月末までは連日の収穫と出荷に追われて目がまわるほどの忙しさだ。そんなときは、ただひたすら働き、暗くなる頃に畑から上がって、なにかうまいものを食べて酒を飲むのが、一日のうちのたったひとつの喜びと慰めになるのである。

# コイの塩焼き

*Carpe grillée au gros sel*

鯉といえば、ドナウ河流域の名物である。ウィーンでも、ブダペストでも、さらに下流のルーマニアの山の中でも、何回か太った鯉の料理を食べたことがある。

料理法は、フライ（天ぷら）にするか、茹でるかが多かったような気がする。とくに、香草や香味野菜を酢とともに入れた湯（クール・ブイヨン）でサッと茹で上げ、魚の色合いを美しく仕上げたものを得意とするレストランが山あいの保養地《リゾート》に行くとかならずあったが、この料理法はマスの《青煮》（トリュイット・オ・ブルー **truite au bleu**）と同じである。川魚独特の匂いを、殺しながら生かす、のに適当ということか。

鯉には、独特の香気がある。

それを芳香ととるか臭気ととるかは個人の感覚の違いだが、匂いは強すぎるのも困るとはいえ、まったくなくなってしまうのもつまらない。

ヨーロッパの内陸の市場で鯉が売られているようすを見ると、魚体に泥がついたままかまわず積み上げられていたりするが、あれではまさしく《泥臭い》に違いない。そこへいくと日本の養鯉場で育てられている鯉など、匂いがなさすぎて頼りないくらいのものかもしれないが、実際には、魚肉の質や処理のしかたによって、匂いの良し悪しにはかなりバラつきがあるようだ。

信州の佐久は鯉の名産地だが、茹でるか揚げるかのドナウ方式に対して、佐久のやりかたは《洗い》と《鯉こく》というのが一般的。しかし、私は鯉は塩焼きがいちばんおいしいと思っている。

いったいに、脂肪を多く含んだ食材は、直火焼（グリル）にしてそのアブラを落としてやると味のバランスが良くなることが多い。鯉こくはしばしば濃厚すぎるし、洗いは

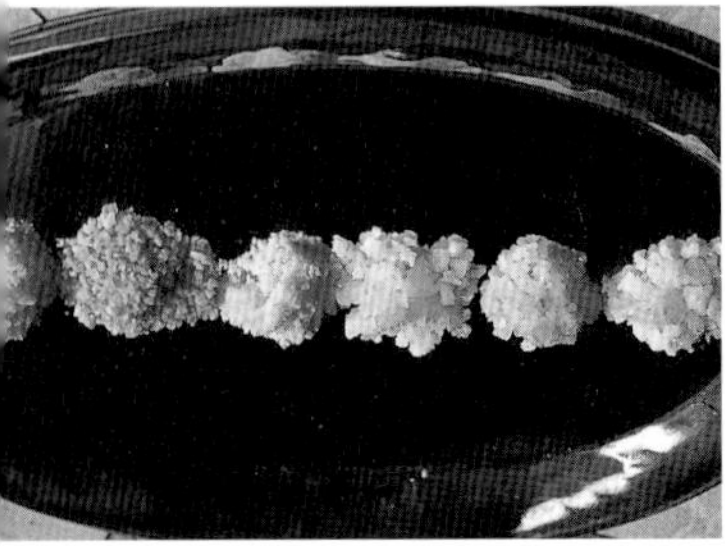

# sel naturel

風味を洗い落としすぎる。少しきつめに塩をして表面をカリッと仕上げた塩焼きがうまく焼ければ、いままで川魚といって敬遠していた人にもよろこばれるだろう。

おろした半身を大ぶりに切って、塩を振ってしばらく置いてから、望むらくは炭火で、なければガスで、焼く。

ただそれだけの話である。だから、当然だが、使用する塩の種類によってもできあがりの味は違ってくる。

我がヴィラデストのキッチンには、塩の在庫が豊富である。外国を旅行したときにはかならずその土地の塩をおみやげに買ってくるし、私たちが塩のコレクターであることを知って、友人や知人が旅のみやげにと買ってきてくれたりするからだ。

タイ、ベトナム、韓国、イタリア、ドイツ（岩塩）、フランス・ブルターニュ地方……など。細かい結晶のものから、ごく粗い塊りのようなもの、色も純白だけでなく、黒ずんでいたり、褐色がかっていたり。それぞれに風味があり、複雑なおいしさがあって、薬品のように純度の高い日本の食卓塩とは似て非なるものである。

うちでは、日常の料理にも、こうした塩を使っている。日本でもこのごろ少しずつミネラルの味のする塩が売られるようになってきてはいるけれども、けっこう高級な料理屋さんでも案外塩の品質に無頓着な店が多いのは驚くばかりである。塩の違いで、料理の味も違うはずなのに。

だから私はことあるごとに、海外旅行のみやげには塩を、と人にもすすめている。重いが、五百グラムも買えばとりあえず十分だし、値段は安い。ただし、人相の悪い人や挙動の不審な人は、税関の検査で覚醒剤かと疑われて取り調べられる可能性はあるけれども。

## 石ウスと塩胡椒

大粒の結晶になっている塩は、ふつうの料理の場合そのままでは使いにくい。もう少し、潰し砕いて粉のようにしなければならない。

胡椒挽きと同じシステムの、卓上に出しておいて使用する直前にガリガリと挽く「ソールト・ミル」というのもあるが、使っているうちに塩の出てくるあたりがかならず錆びついてくる。湿気の多い日本では、あまり実用的ではないようだ。

私は、タイで買ってきた石ウスを使っている。

タイではトウガラシやさまざまのスパイスを潰すために使っているものだが、私はこれで塩と胡椒を潰している。

とくに胡椒は、黒胡椒であれ白胡椒であれ、丸のままの粒を食べる直前にこれで砕き潰す。石ウスに入れて石の棒で搗くため、できあがるのはいわゆるミニョネットと呼ばれる挽き割りの荒い胡椒のかけらになるわけだが、こうするとペッパー・ミルで挽く場合よりはるかに香りが立つような気がするのでいつもそうしている。

石ウスの欠点は、とにかくやたらに重いことだ。

バンコクから膝の上に抱えて飛行機に乗るだけで大変だったくらいだが、台所でつねに使用していると、鍋を火にかけてから、あっ、胡椒をここで入れなけりゃ、などと気がついてあわてて潰す作業にとりかかることがある。そういうときは時間がないので右手で鍋をあやつりながら左手で石ウスごとわしづかみにして中の胡椒を鍋の中に振りかける、といった具合になり、そのせいか、最近、私の左腕は以前より多少太くなった気がしないでもない。

# ロールキャベツ

*Chou farci façon grand-mère*

日本では、

「おふくろの味」

といい、フランスでは、

「おばあちゃんの料理」

という。日本の場合は中年にさしかかった男性が妻の手料理に飽きたらず昔の味を懐かしむ、といったマザコン的ニュアンスがあるのに対し、フランスの言いかたのほうは一家に連綿として伝わる家庭の味を家族全体で受け継ぐ、といった雰囲気があって私は後者のほうが好きだが、いずれにしてもある年齢に達すると、子供の頃に食べた家庭料理の定番が懐かしく思われるのはよくあることだ。


　私の母は、食いしん坊の父のために甲斐甲斐しく台所に立つ料理上手で、私自身も彼女のつくったいくつかの料理の美味を鮮明に覚えているが、私を産んだとき母はすでに四十五歳であったことを考えると、おふくろの味というのが正しいのか、おばあちゃんの味といっても間違いではないのか、そこのところはよくわからない。

とれたてのキャベツを眺めているうちに、とにかく、ロールキャベツが食べたくなった。

これも、我が家の定番料理のひとつだったのである。

キャベツはそのままナマで食べたり、手でちぎって炒めたり、大量の油でフワッと揚げ炒めしたタマゴと合わせてカキ油をかけて食べたり（我が家ではこれを《キャベ玉》と呼んでおかずの定番のひとつとしている）……余ったら大鍋に放り込んで水煮しておけばスープのもとになる。鶏や牛のスープの顆粒や固形キューブがあればそれを加えるもよし、なければベーコンだけでも十分においしいスープができる。ベーコンまたは塩漬けの豚肉の小間切れを少し鍋で炒めて油を溶かしてから水を注ぎ、せん切りのキャベツを大量に加える、というのがフランス田舎風キャベツ・スープの基本レシピ。これにタマネギやニンニク、ジャガイモ等を加えれば無限のヴァリエーションが生まれてくる。昔のフランスの農家では、古く固くなったパンの残りを軽く焙ってから皿の底に置き、上から熱々のキャベツ・スープを注いで食べたという。

ロールキャベツという料理がルーマニアの名物であることは、三十を過ぎてルーマニアに行ったときにはじめて知った。現地では《サルマレ》と呼ぶ。これに《ママリガ》というトウモロコシのポレンタを添えた一皿は、ルーマニアの国民料理といってよいほどポピュラーなものなのだ。

ルーマニアの家庭料理が、どうやって日本に伝わったのか、もちろん似たような料理はヨーロッパ東部からロシアにかけていくつかあり、ユダヤ料理のレパートリーの中にもあるが、ロシアを経由してかアメリカにいったん渡ってかは知らないが《洋食》のひとつとして日本に入ってきたのだろう。

昔は、いまよりももっと一般的に、あちこちの家庭でつくられていたような気がする。

まず、大ぶりのキャベツの、葉を一枚ずつ破らないように気をつけながら、剝がす。初夏いちばんにとれる畑のキャベツは比較的巻きが柔らかいから簡単だが、もしもパツンパツンに結球していて剝がしにくいときには、丸ごと全体を四、五分茹でるか、丸ごとラップをかけて電子レンジで加熱して柔らかくしてから剝いてもよい。外側の大きい葉が、一人あたり二枚もあれば十分だろう。

私はナマの葉を、鶏のスープに冷たいうちから入れて味をしみこませながら煮て柔らかくする。

その間に、タマネギのみじん切りと、挽肉（合挽を使用）、続いて米粒を、少量のオリーブ油を引いたフライパンで炒める。分量は、タマネギ1、挽肉5、コメ2、といったところだろうか。

ルーマニアのサルマレでは、肉といっしょにかならずコメを混ぜる。火を通すと肉は縮むが米粒は水分を吸って膨れるからできあがりの密度がちょうどよくなるのだ、ともいうが、肉のボリューム感を補うと同時に食感的にもキャベツと肉をつなぐ役目を果たして面白い。母親のレシピにはコメはなかったかもしれないが、私は入れてみる。

全体がよくなじむように炒め（コメがあまり柔らかくなりすぎないように）、塩胡椒し、タイムの生葉で香りをつける。少し鶏スープを加え、水分を飛ばして、かろうじてかたちがまとまる程度の柔らかさに仕上げておく。

さきほど鶏スープで煮ておいたキャベツの葉を取り出し、筋の部分を切り取り、かたちをととのえてから炒め上がったスタッフィング（詰めもの）をその上にのせて巻く。葉の直径が二〇～二五センチとすれば、できあがりのロールキャベツは直径五、六センチ、長さ一〇センチくらいが目安だろう。端は楊子で止める。

このロールキャベツは、子供の頃、ホワイトソースをかけて食べるのを私は好んだ。このあたりのやりかたも同年輩の友人にきいてみるといろいろで、トマトケチャップをかけたという者、いや、スープのように汁の中に入れて食べたという者、それぞれの家庭でスタイルが異なっていたようである。

もちろん母がつくったホワイトソースというのは、小麦粉をほんの少しのバターで炒めて牛乳でつないだだけの、シンプルなものであったに違いない。ひょっとすると、片栗粉など入れていたかもしれない。東欧・ロシア系の出自だとすればきっとサワークリームを使うケースで、それを真似て日本でも白いソースを添えるようになったのではないかとも想像するが、詮索はどうでもいい、あのトロリとした白い母のソースが妙に懐かしい。

## キャベツの生えかた

「ところで、つかぬことをきくけどね、キャベツって、どういうふうに丸くなるの?」

ときどき、東京に住む友人からそんな電話がかかってくることがある。

「子供の宿題でサ、きかれたんだけどわからなくて。アレって、最初から丸くなってるんだっけ?」

きけば、夫と妻とで意見がわかれているという。

たしかに、あらためて問われると迷うのも無理はない。都会の生活では、キャベツの生育過程を目撃する機会はないのだから。

タネを播く。双葉が出る。本葉が出る。

ヒョロリとグリーンの葉が伸びる。

ここまでは、ふつうの青菜と同じである。しかしその葉の数がふえ、密度が高まってくると、キャベツやレタスやハクサイは、増殖する葉の行きどころがなくなって、しだいに丸まって（結球して）くるのである。

「やっぱり、俺の思った通りだ。女房ったら、芽キャベツみたいのができて大きくなるっていうんだぜ」

これで宿題一件落着。ついでにいうと、丸く結球してから収穫せずにそのまま畑に放っておくと、内側の葉の逃げ場がなくなってキャベツは爆裂する（ヒビが入って割れてしまう）のである。

かたちの良い品だけを収穫し終わったあとのキャベツ畑には、ところどころにそんな爆裂球が残されている。

また、株を切り取ったあとからも、しばらくすると、二番芽が生え出して小さな非結球の葉をつけることがある。それもまた柔らかくて、結構おいしい。

# ズッキーニのサラダとミラノ風カツレツ

*Courgettes de Nice en salade et côtelette de porc à la milanaise*

ミラノ風のカツレツというのは、本来、仔牛の肉でつくるものである。が、日本では仔牛肉が手に入りにくいので、我が家では例によって黒豚の肩ロースで代用する。つくりかたはこんなふうだ。

まず、肉（量は一人あたり一〇〇グラムもあれば十分）を五、六ミリ厚に切り、それを肉叩き（ビールびんかなにかでよい）でまんべんなく叩いてもっともっと薄くする。平均三ミリくらいになる頃には、大きさは二倍になっている勘定である。

この平べったい大きな肉の両面に、塩胡椒をし、小麦粉をはたき、溶きタマゴをくぐらせて、パン粉をつける。ふつうのトンカツをつくるときと同じ要領だが、私はこのときパン粉に、パルミジャーノ（パルメザン・チーズ）のすりおろしたものを混ぜておく。しかも、いったんパン粉までがついた状態でもう一度両面に溶きタマゴをつけ、さらにまたパン粉をまぶすのである。つまり薄い肉を上げ底（？）二重ゴロモでふんわりと大きくする。パン粉は細かく碾《ひ》いたものを使い、手で押さえてよくなじませる。

フライパンを熱し、オリーブ油を大サジ五、六杯入れる。それからバターをひと塊り。シュワシュワッと泡が立つところへさきほどの肉をのせ、揚げるように炒めていく。途中で油脂が足りなくなるようなら足せばよい。絶えずカツの衣に油脂の泡がからみつくような状態を保ちながら、両面においしそうな色がつくまで焼く。大きさはきっとフライパンいっぱいくらいだろうから、ひっくり返すときがちょっと難しいかもしれない。

できあがったら皿にのせ、まだ熱いフライパンの残りの油脂を切ったあと新しいバターのひと塊りをのせ、強火で煙が上がるまで一瞬のうちに焦がして火を止める。そしてこの、焦げたバターをカツレツの上に少しかけてやる。レモンを添えて、食卓へ。その頃には部屋中が、バターとチーズの香りに満ちているに違いない。

農園で栽培する野菜のタネは、多くが外国産のものである。春先にフランスへ行って買ってくるほか、通信販売でも取り寄せることができるし、友人も海外旅行のみや

げにタネをくれることが多くなった。

すでに数年の経験を経て、だいたい栽培する品種は定まってきているが、それでも、毎年、いつもと同じものばかりではつまらないので、なにかしらこれまでやったことのない、はじめてつくる新顔をデビューさせるのをならわしとしている。

ズッキーニも、緑の濃いの、縞模様の、白っぽいの、黄色いの、といろいろ栽培しているけれども、まん丸いのは初体験だ。名を《ニースのズッキーニ courgette de Nice》というのだから南仏ニースの特産品なのだろうが、私自身はニースでも食べたことがない。そのタネをパリの店で見つけて買って帰り、播いたらスクスクと育って、本当に、まん丸のズッキーニができた。かたちはズッキーニというよりメロンを想像させるが、切ってみればなるほどズッキーニ、果肉はふつうの品種よりもキメがこまかく、ほんのりとした甘みがあってとてもおいしい。とくに、ナマのまま食べるのに適しているようだ。ということは、ゴロゴロに切ってドレッシングで和えてサラダ、か……。

かたちがまず面白いわけだから、中をくり抜いた実をそのまま容器にしてみよう。とすればこれはサイドディッシュというよりはオードブルがわり。エビの茹でたのと合わせれば色も味もよい一品になるだろう。ドレッシングはオリーブ油とレモン、塩胡椒だけでシ

前菜は、丸ズッキーニの果実をそのまま容器に使ったサラダ。

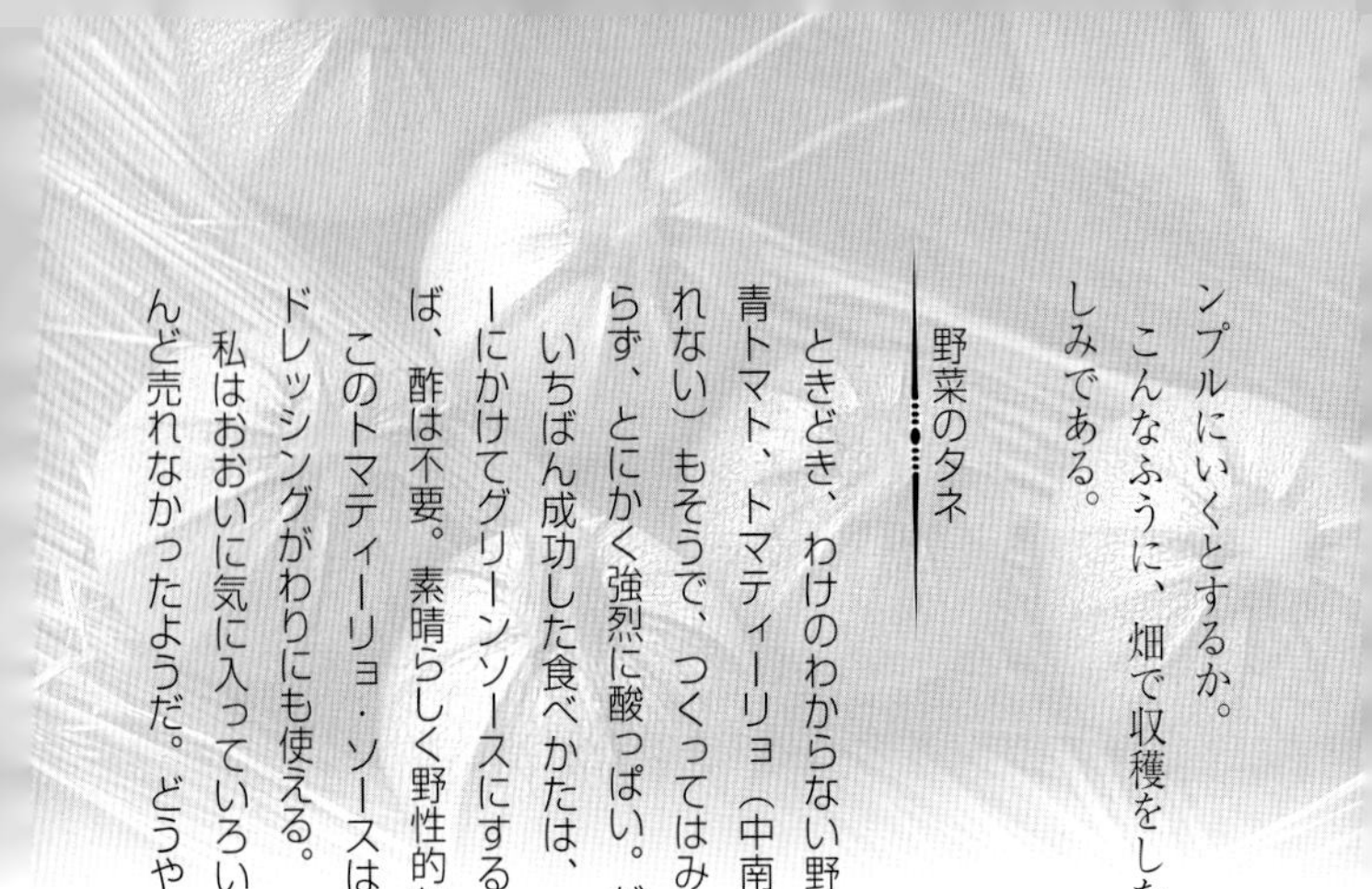

ンプルにいくとするか。
こんなふうに、畑で収穫をしながら、その野菜を使ってレシピを考えるのは無上の愉しみである。

## 野菜のタネ

ときどき、わけのわからない野菜のタネがどこからか手に入ることがある。ほおずき型の青トマト、トマティーリョ（中南米系の果菜だから、トマティージョ、と発音するのかもしれない）もそうで、つくってはみたが食べかたがよくわからない。放っておいても赤くはならず、とにかく強烈に酸っぱい。が、独特の青臭さが非常に魅力的だ。

いちばん成功した食べかたは、ナマのまま刻んで、ミントの葉とともにフードプロセッサーにかけてグリーンソースにするやりかただ。わずかのオリーブ油でのばし塩味だけつければ、酢は不要。素晴らしく野性的な香りのソースができあがる。

このトマティーリョ・ソースはたとえば茹でた肉や焼いた魚に添えてもよいが、サラダのドレッシングがわりにも使える。

私はおおいに気に入っていろいろな料理に使ったが、東京のスーパーに出荷した分はほとんど売れなかったようだ。どうやらあまり珍奇な野菜をつくるのは、農園の経営政策上は得

策ではないらしい。

白ナス、というのもある。見たところはタマゴと見間違う、純白のナスである。紫色のふつうのナスよりもやや皮が硬いが、皮を剥いてカレー（とくにタイ式カレー）に入れたりすると最高においしい。が、これも、うちに遊びに来る人は、

「かわいーい！」

といって喜んでみやげに持って帰るけれども、スーパーの店頭ではあまり売れなかったようである。

白ナスはタイの友人からもらったタネでつくったが、そのタネの中に、白くない、緑色で長いナスのタネが混じっていた。これもまた、おそらく日本のどの農場でも栽培はしていないのではないだろうか。

## カシスの実が生《な》った。

以前、パリはセーヌ河岸シャトレの種苗店で買った苗木が、どうやら順調に生育しているようだ。

冬の終り頃にヨーロッパへ行くと、いろいろな果樹の苗木を売っている。カシス、ミルティーユ、フランボワーズ、クウェッチュ……苗木といっても根を入れると一メートル近くの長さになるので持ち運びは面倒だが、店で消毒済の証明書をもらい、成田の植物検疫で申告

すれば、根についている土に虫がいないかどうかを厳密に調べたあと、預り証を発行してくれる。一年間、専用の圃場でその苗木を育て、有害な疫病等が出ないことを確認したうえで、申告した持主に返してくれる、というシステムである。我がヴィラデストの畑の隅には、こうして輸入したフランボワーズがすでに毎夏おいしい実をつけ、カシスもいよいよ後を追って成木に達しつつあるわけだ。

　カシスやフランボワーズは、畑に出たついでに摘んでおく。まだ木の数が少なく、来客時のデザートには量が足りないから、同じく畑で育てているフレーズ・ド・ボワ（森のイチゴ＝小さく細長い野生種に近いイチゴ）も摘み、それから、雑木林のほうへ行く道に生えている桑の木からも実（マルベリー）を採ってきておこう。

　これらのベリー類はそのまま皿に取って、上から好みの量のグラニュー糖を振りかけて食べるのがもっともシンプルなフランス式だが、ガラス鉢にでも入れて少量の砂糖を振りかけ、さらにコニャックか、アルマニャックをたっぷりかけて一時間ほど冷蔵庫に入れておく、というのもよい。デザートとして食卓にのぼる頃にはほどよい甘みと香りが滲みて、同時にディジェスティフ（食後酒）がわりにもなるというアイデアだ。

　もちろん、ジャムもつくる。その場合は、その日に摘んだ実に砂糖をかけてしばらく置いてから、火にかける。毎日少しずつとれた分だけ足していけば、朝食の食卓にはつねに新鮮なジャムがのっていることになる。

# été

いよいよ、本格的な夏の到来である。
朝は、４時に起きねばならない。
きょうも農作業の予定が目白押しだ。
長い一日がはじまる……。

# ズッキーニのリゾット

*Risotto de courgettes à ma façon*

　さて、夏野菜のトップバッターはズッキーニだ。

　この植物は、なんにも考えていないのではないかと思うほど奔放である。

　タネを播けばすぐ芽を出す。まだあたりが寒い季節でもおかまいなし。そのくせビニールハウスから出して外に植えればたちまちのうちに寒気にやられる。しかし霜害をなんとか人為的に防いでやると、まだ十分に生長していないうちから実をつけはじめる。そのままにしておいても決して大きくなることのない幼果である。だからそれらを摘んでやらねばならない。いちいち世話がやけるのだ。が、この早生の野菜は夏のあいだじゅう次から次へと果実を生み出し、私たちに大量の食物を供給してくれる。もちろん、東京に出荷するヴィラデスト産品の主役のひとつでもある。

　ズッキーニはふつう長さ二〇センチ以下、まだ内部にタネがあまり形成されていない状態が採取期とされ、たしかに店頭では見事にサイズの揃ったものが並べられているが、私はもう少し太く大きくなったもののほうが旨味が出ておいしいと思っている。朝見たときには小さかったのが夕方にはもうとり頃になっているというほど生長の早いものだから、ちょうどよいタイミングで収穫するのが難しい。だから、一日に少なくとも二回、できれば三回、畑を見まわってチェックしなければならない。この仕事は私の役目だ。

ズッキーニは、焼いても煮ても炒めてもおいしい。姿はキュウリに似ているが、分類上はカボチャの近縁。ただし、ナマでも食べられるがあまり食べない点、油と相性がよいところなどナスに似ていて、実際、ナスに使われる調理法はすべてズッキーニに応用することができる。

リゾットもよくつくる。

リゾットというのは本当に簡単な料理で、電気釜でごはんを炊くより早くできるから、畑から疲れて上がってきたときなど、私はついラクを求めてリゾットにすがってしまうほどだ。

私がつくるズッキーニのリゾットには二種あって、ひとつは軽く炒めたズッキーニを生クリームとともにフードプロセッサーにかける。その美しい若緑色のペーストをリゾットに加える方法。もうひとつはダイスに切ってベーコンといっしょに炒め、白く仕上げたリゾットに散らす方法。このとき濃緑の皮だけを剥いて糸に切り、塩湯で湯がいて冷やしたものを天に飾るのがならわしだ。

夏の暑い一日を外で労働して過ごすと、夕方には喉が渇くばかりでさほど凶暴な食欲は感じない。そういうときはとにかく白ワインに氷をぶち込んでガブガブと飲みつつ、はじめにピーマンやズッキーニをグリルで焼く。それからレタスやトマトでサラダをつくる。その大量の野菜に、コメ七〇グラムをリゾットにしたものがあればそれが一回の食事、その日の最後の晩餐である。しっかりと蛋白質を補給したいときには肉を焼くが、客がいるときでもなければ、ステーキとリゾットを両方食べることはない。我が家の食事はきわめて質実にして健全なのである。

## ズッキーニの花

ズッキーニの花は、黄色く大ぶりで美しい。が、朝のうちは見事に開いているのに、午後になると先端をすぼめてしまう。

ひとつの株に、雄花と雌花がつく。いったん受粉してしまえば果実の先端で咲いている雌花のほうはお役ご免というわけだから、摘んで食べてしまってもよい（雄花のほうは、咲いている間は二回か三回かメスの役に立つのではないだろうか）。

花は、まず内部のシベを外し、中にいるアリなどを逃がし（アリはズッキーニの花がことのほか好きなようで、かならず何匹も集まってきている）、洗って水を切り、炒めるか揚げるかして食べる。とくに衣をつけて天ぷら（精進揚げ）にするとなかなかの美味である。

花の中に詰めものをした料理はイタリアやフランスでよく見かける。すり身のようなファルス（詰めもの）が、花の中にたくさん入る。エビだのカニだの挽肉だの、中に入れるものはシュウマイの具と同じようなものを考えればよいのだが、私はごく簡単に、ズッキーニの実のほうを刻んでタマネギやニンニクやハーブといっしょに炒めたものを花に詰めてやる。先端をツマ楊子で止めて揚げ、天つゆを添えると和風のシャレた一品となる。

花のついたままの幼果を出荷できればレストラン用に高く売れるのだが、よほど厳重な梱

包をしないと輸送の途中で花がとれてしまう。だから我が農園では《花ズッキーニ》を出荷するのはあきらめて、花の部分はもっぱら自家消費することに決めている。さっと湯がいた花を、リゾットやスープに飾るのも面白い。

a

b

## リゾットのつくりかた

リゾットはナマ米からつくる。洗わずにフライパンに放り込み、オリーブ油で炒める。油で半透明になった米粒の一部が再び白く変色するくらいまで。そうなったら水なりスープなりを上から注ぐ。火はずっと中強火。沸騰したら火を少し弱め、底につかないように木杓子かなにかでときどきかきまわしながら、水分をどんどん蒸発させていく。15分経過したあたりから、一粒二粒つまんで嚙んでみる。しっかりアルデンテだが芯はない、という食べ頃の状態になったときに水分のあらかたが蒸発している、というのが理想だが、少なめの水（スープ）でスタートして減りすぎたら足していくことにすれば間違いないだろう。はじめから多すぎて蒸発し切る前に加熱が進みすぎ、アルデンテを通り越してぐずぐずになったら失敗作。ただしナマ米を炒めてからやれば加熱が多少延長されても歯ごたえは残る。日本米を洗ってから使ったら、どうやってもおじや か雑炊のようになってしまうが。

スープはストックがあれば文句ないが、ものぐさな私は冷水を注いで途中で顆粒の鶏ガラスープをパラパラと加えるのがふつう。これが基本のホワイト・リゾットだが、あるいは少量の豚肉とタマネギなどを最初からナマ米とともに炒め、単なる水を加えて煮ても結果はダシの効いた作品になる。つまりスープの種類、加える具のヴァラエティーは、自由自在ということである。

c

### エビ殻ソースのリゾット（a）
エビの殻を炒めてから水を加えて取ったダシを、炒めたコメにじっくりと含ませるように煮つめていく。最後には身のほうも加える（火が通り過ぎないように）が、どちらかというとエビの身は飾りのようなもの。サフランを十分に加えて最後にバターか生クリームで仕上げればより濃厚で贅沢な一品になる。

### グリーンピースのリゾット（b）
コメを入れる前に、少量の油で角切りのベーコンを炒め、余分な油脂を捨てておく。グリーンピースはナマなら途中で、缶詰か冷凍なら最後のほうで加える。粉チーズをたっぷりかけて食べると美味。

### ポルチーニ茸のリゾット（c）
イタリア産の乾燥フンギ・ポルチーニを水で戻し、その戻し汁を（ゴミを取って）スープがわりに使う。茸のほうは刻んで具に。高価だし味が濃すぎるので、私は自家製乾燥ヒラタケ（信州しめじ）とその戻し汁を半量加え、鶏スープで味をつける。仕上げに生クリームとバターを、しつこくならない程度に加える。

### ゴルゴンゾラのリゾット（d）
同じくグリーンピースを使うが、こちらは最後の段階でゴルゴンゾラ（青カビのクリームチーズ）をポロポロに砕いたものを振りかけ、溶けかかったところで火を止める。火を止めてからバターを少し加えて軽く混ぜるとよい。

d

あがり。熱いうちに切ってヘタとタネを取り除き、オリーブ油と醤油、塩、胡椒。すぐに食べてもおいしいし、たっぷりめのオリーブ油に漬けておけば保存もきき、柔らかくなってトロリとしたまた別の美味が味わえる。
私はこうして焼いた赤と青のピーマンを市松模様に並べたりして前菜がわりに出すことがあるが、生のトマトにモツァレラチーズとバジリコ（これにも緑葉と紫葉の2種がある）を合わせたものなどと並べると、いかにも夏らしい彩りになる。
あるいは、タマネギやニンニク、トマトなどもサッと焼いて、他の野菜といっしょに《焼き野菜サラダ》にする、という手もある。この場合は油と酢のドレッシングで和えてもよいし、トマトは焼くと酸味が出るので酢は省略してもよい。
うちでは野菜専用の焼き網を用意してガスで焼くが、それこそ庭にでも火をおこして、それで直接焙ればこんなにうまいものはない。ときどき私がバーベキューをやるというのも、（客には肉を与え）自分はもっぱら野菜を食べるためなのである。

## 焼き野菜

夏はさまざまの野菜をさまざまに調理して食べるが、我が家の定番といえば《焼き野菜》である。

たとえばズッキーニを焼く。

厚さを7～8ミリの輪切りにして、両面をグリルで、あちこちに黒く焦げめがつくまで焼く。焼いたらすぐに、オリーブ油と醤油を混ぜたものをかけ、塩、胡椒をしてざっくりと和えるのである。

ピーマンも、焼く。

緑色から赤く熟したり黄色く熟したりする大型で肉厚のピーマンがあるが、あれを丸のまま、ゴロリと網の上にのせて焼く。ときどきまわしながら、焦げめをつける。外が黒くなって表皮のところどころが剝がれるようになる頃には、中のほうまで熱くなっているはずだ。全体がフニャリと柔らかくなったらでき

# *Variétés de Poivrons Farcis*

さまざまのかたちをしたピーマンの類に、詰めものをした料理をつくってみた。長いのも、丸いのも、どれも丸ごと焼いてから中のタネを取り、トマトソースとともに炒めた挽肉を詰めてブイヨンで少し煮る。ピーマンだと思っていたのに、ときどぎ辛いやつがあったりする。

# ラタトゥイユとヴィシソワーズ

*Ratatouille et vichyssoise au bord de la rivière*

ラタトゥイユは、簡単にいえば夏野菜のゴッタ煮のことだ。

つくりかたはいたって単純で、まずはタマネギとニンニクをたっぷりのオリーブ油で炒め、次いでブツ切りのズッキーニを加え、好みでピーマンやナスなども加え、最後にトマトを放り込んで潰しながらさらに炒めていると自然に野菜たちから水分が出て、炒めていたつもりが煮ているような状態になってくるから、少し火を弱めて、全体がグズグズに絡み合うまで煮ればよいのである。もちろんトマトは皮を剝いてから使うのが望ましいが面倒ならヘタだけ取って四つに切ってそのまま入れ、皮がめくれてきたらハシでつまんで捨てたっていい。後半の段階で塩と黒胡椒、それに少量の唐辛子と、乾燥ハーブの葉（オレガノ、タラゴン、タイム、ローズマリーなどのミックス）を思い切ってたくさん入れることにしよう。私はそのときに顆粒の鶏ガラスープをひそかに投入して味にニュアンスをつけ加えるのがならわしだが、まあそのあたりは料理人の個性と工夫にまかせるとして、新鮮な材料とたっぷりのオリーブ油を使いさえすれば、失敗するのが難しいくらいの料理である。

ラタトゥイユは大量につくって、冷蔵庫で一晩寝かせておく。

ヴィシソワーズは、ポロネギとジャガイモの冷たいクリームスープ。ポロネギ（仏名ポワロー、英名リーク）はまだ栽培していないので、太さは多少足りないが下仁田ネギ（これは毎年つくっている）で代用する。
ネギは小口から薄切り。ジャガイモもスライス。ネギとイモは重量比で同量が基本だが、見た目ではかなり大量のネギが必要になる。泣きながら山のようなネギを厚手の鍋に入れ、バターでゆっくりと炒める。弱火でじっくりと、かさが減り、トロリとしてくるまで。この間にジャガイモを水から茹でて火が通るまでにしておく。
両者が仕上がったら、合わせてフードプロセッサーにかけ、ポタージュのイメージに近い濃さになるよう水分を調整する。最後に、生クリームを加える。生クリームの量は全体のまとめ役程度に抑え、裏漉しもしないほうが田舎風でよい。

*Haricots blancs cuits avec de tomates*

## トマトと豆の煮込み

小粒の白インゲンかそれに類した豆は、湯剝きしてから小さく切ったトマト、ニンニクとタマネギのみじん切りとともに、浅鍋で冷水から煮る。途中で顆粒の鶏ガラスープ、香草（タイム、オレガノ等）、黒胡椒とコリアンダーの実を挽いたものを加え、オリーブ油をたらす。塩味を見ながらほぼ汁がなくなるまで、40分くらいで仕上げる。

## トマトのブルスケッタ

全粒粉の田舎パンを薄く切ってカリッと焙り、熱いうちにニンニクをこすりつける。そこへオリーブ油をかけてからトマトをのせてもよし、あらかじめオリーブ油にからめておいたトマトをのせてもよし。粗塩と黒胡椒に、あればバジリコの生葉を。完熟したトマトの皮は、指先で簡単に剝くことができる。

*Bruschetta de tomates fraiches*

フェンネル fenouil

根セロリ céleri-rave

▲ *Céleri-rave sauté au porc à la chinoise*
▶ *Salade de fenouil (Insalata di finocchio)*
▼ *Céleri rémoulade et soupe de céleri*

# *Fenouil et céleri-rave*

## フェンネルと根セロリ

野菜のなかには、出荷するためというよりは、自分が好きだから食べたい、という理由でつくっているものがいくつかある。フェンネルと根セロリがその代表格だろう。

フェンネル（フヌイユ）は、いわゆる茴香（ウイキョウ）のことで、独特の、ちょっとクスリ臭いような、なんともいえない香りを持っている。その細い緑の葉はハーブとして魚料理によく用いられるが、茎の下方の白く太ったところが野菜として利用される部分である。日本ではあまりお目にかかることがないが、イタリアなどではそこのところをただスライスしたものをサラダで食べさせる。イタリア語で《フィノッキオ》というその名もかわいいが、甘く、切ない、その芳香が、なんともいえない、私の大好物なのである。

根セロリは、セロリの、根茎の部分だけを肥大させた品種。うまく育てると茎の下方の部分が、赤ん坊の頭くらいの大きさに丸くなる。葉は硬くて食べにくいが、同じセロリの匂いを持つ根茎は、ナマのままでも、煮ても炒めてもおいしい。

フランスでは、これをせん切りにして、レムラード・ソースという、マヨネーズにピクルス等を刻んで混ぜたようなソースに和えて食べるのが一般的。ピューレにしたり、スープにしても香りが楽しめる。我が家では、細切りにして豚肉とサッと炒めたりもするがこれが美味。豆豉（トウチ）で風味をつけるなど、中華風の処理にもよくなじむ。

フェンネルも根セロリも、食用部分を太らせるには、手間がかかる。

タネを播き、芽が出て茎葉が伸びてきたら、たえず見まわって、ときどき、根のまわりに土をかけてやる。

しばらくすると太い部分がまた土の上に顔を出すから、そこへまた新しい土をかけてやる。そうして、たえず柔らかい土で覆うことにより、肥大した部分を白く柔らかく育てるのである。

また、乾燥した夏だと水分が足りずに太らないから、しょっちゅう灌水してやる必要もある。

いくらおいしいからといってもずいぶん世話のやける奴だ、と、いつも私は文句をいいながら、それでもこの二つの野菜だけは毎年つくり続けている。

Crevettes rôties à la citronelle,
nouilles en soupe style Tom-Yam

# エビのロースト、レモングラス風味

*Crevettes rôties à la citronelle, nouilles en soupe style Tom-Yam*

タイが好きで、毎年のようにかならず旅行している。たとえバンコクに二泊しかできない、というくらいの時間しかない場合でも、機会さえあれば飛んでいく。そしておいしくて刺激的な本場の料理を腹いっぱい食べ、市場やスーパーで買い求めた調味料、塩、ナムプラ（魚醤）、缶詰など、さまざまの食料品を両手に抱え切れないほど抱えて帰ってくるのである。だから我が家の台所の食品庫には、明日からでも商売ができるほど多種多様なタイ食品が揃っている。

タイのカレーや、トムヤムクンなど、いわゆるタイ料理と呼べるものをつくるのは月にまあ二、三度といったところだけれども、それ以外のごくふつうの食事のときにも、しばしばタイ調味料は活躍する。

たとえば、肉や魚を焼いたとき。その日の気分でだけれど、ナムプラにプリック（唐辛子）を刻み込んだもの——とびきりホット！——をかけることがある。あるいは中華風ないしは和風の炒めものや煮もののときに、カピ（魚味噌）や、なにが入っているのかわけがわからない、ただし実に複雑で深い旨味があって同時に辛い、読解不能の文字を描いたラベルの貼ってある壜詰の調味料をとりだして、さっと加えてみたりもするのである。そういう種類の料理を私たちは、日本料理でもない、中華

料理でもない、かといって正調タイ料理でもない、要するに、アジアはひとつ《玉サン流アジア料理》と呼ぶことにしている。
　そのなかでこのごろ凝っている料理に、《エビのロースト、レモングラス風味》というのがある。簡単にできて、来客にも好評のようだ。
　まず、エビを手に入れる。頭のついた、まるごとのやつ。日本人が世界中のエビを買い占めている、という話を思い出していつもちょっぴり悪業を働いているような気分にもなるのだが、私はインドネシア産のブラックタイガーを冷凍で業者から買って地下室のフリーザーに保存してあり、料理にはだいたいこれを使う。

まず、頭をハネる。頭の部分はそのまま（長くて邪魔なヒゲだけは切るが）ボウルにでもとっておく。

胴体は、背側から包丁を入れて、タテに二つに切る。殼はつけたままの状態で露出した背わただけを包丁の先で取り除く。脚も少し邪魔だからハサミで短く切ろうか。これで準備完了。網に（切られた身のほうが上になるように）並べ、天火（上火のグリル）に入れる。強火で、かなり火に近く。表面の一部にかすかな焼き色のつく寸前、殼の端のほうがところどころ焦げはじめた、というタイミングができあがり。方法からいけばローストというよりグリルに近いが、片面しか焼かず、下側は殼が容器となって多少蒸し焼きのようになる。その下側が、まだ少しナマっぽい状態がおいしい。はじめはエビを殼つき丸ごとで両面を焼いてから二つに切っていたのだけれども、こうすると全体に火がまわって歯ざわりも味も均質になってしまう。それを嫌ってやりかたを変えたのだ。

さて、焼いているあいだに（といっても時間は短いが）調味料を用意する。

レモングラスは、なるべくフレッシュなもの。茎の根もとに近い、白くなった部分をできるだけ細かく刻む。

干しエビ。戻さずに、乾燥状態のままこれも細かく刻む。

ニンニク、同じくみじん切り少々。

ナムプラ・プリック（唐辛子入り魚醬）。

以上を（手早い仕事に自信がなければエビを焼きはじめる前から）揃えておく。そして、エビが焼けたら皿に並べ、その上から、レモングラスをたっぷり、干しエビを適量、ニンニクを少々、全体に均一に振りかけ、最後にナムプラ・プリックをシャッシャッとかけまわす。もしもあれば香菜（コリアンダー、タイ語ではパクチー）の生葉を添えれば完璧。あとは熱いうちに手づかみで食べるだけだ。好みでレモンをかけるのもよいけれども、私は、タイ産のフレッシュなマナオ（ライム）が手に入ったとき以外は柑橘を使わないことにしている。

　調味料は、刻んだものをいっしょにナムプラの中に入れて味をなじませておいてもよいのだが、そうするとどうしても振りかけるときにナムプラの汁が入り過ぎて塩辛くなるので、別々にするようになった。この料理は半年ほど前にバンコクのレストランで食べた一品をヒントにつくり出したものだが、我が家の定番として食卓に定着するまでにはこうした細部の試行錯誤が繰り返されている。

　有頭エビの、残った頭のほうは、ハサミでバチバチとラフに切り刻んで、まずテフロンの鍋で空焼きする。赤くなったら、酒を加え、そのアルコールを飛ばしてから冷水を

タイで盛んな球技"セパタクロー"（足で蹴るバレーボール）の竹編みボール……。

注ぎ、熱していく。沸騰したらアクをとり、少し煮てから濾す。実に旨いダシが出ているはずだ。

本当は、私にとっては身肉のローストのほうがつけ足しで、本命はこの《エビ殻ダシ》のほうなのだ。これがあれば、濃厚なソース・アメリケーヌもできるし、大好物のエビのリゾットもできるし、本格エビカレー用のフュメ（出し汁）としても最高。贅沢だけれど味噌汁にしてもいい。もったいないので、私はいったん濾したあとの残りで二番ダシをとることにしているくらいだ。

用途に応じて加える酒はワインなり日本酒なり、ときにはコニャックでまずフランベしてから……と変えるわけだが、とりあえずすぐに利用しない場合は少量の日本酒を使い、できたダシは冷凍して保存しておく。大量に溜まったのを一挙に煮詰めていくと、それだけでうっとりするようなソースになるものだ。

今回はタイ料理スタイルだから、エビのローストをアントレとしてまず白ワインかビールか紹興酒を一杯やり、そのあとの腹ごしらえとしてトムヤムクン・スープの中華麺をこしらえることにした。副菜に青菜を茹でるか炒めるかしたものを添えれば、バランスのよい軽い食事になるだろう。

タイならビーフンのほうがそれらしいかもしれないが、極細のナマ中華麺があったので使ってみた。このごろはタイ風味の激辛カップ・ラーメンが人気のようで、たしかに

トムヤムの味とラーメンは出会いものである。もちろん例のエビ殻ダシを用い、ココナツ・ミルクも各種の香辛料も正しく用いれば本格的な味になるが、ごく簡単に済ませるなら、麺についてくるラーメン用スープを熱したところへトムヤム・キューブ（固形スープの素）を放り込んだだけでもそれらしい雰囲気の味になる。

## トムヤム麺

私がこれまで食べたトムヤムクンでいちばん美味だったのは、バンコクからアユタヤへ向かう途中の川べりで食べたものだ。泥河にせり出した古い建物はお世辞にも清潔とはいい難かったが、大型の川エビと近くに生えるヒラタケ（白っぽいキノコ）を使ってつくったトムヤムは、目から火花が出るほど辛くて、ほっぺたが落ちるくらいうまかった。

エビとキノコからダシをとり、タクライ（レモングラス）、バイマックルー、カー（ショウガの一種）などのハーブ、スパイスで香りをつけ、ココナツ・ミルクで味を強め、プリックで辛さを、ナムプラで塩辛さを、ついでにマナオで酸味を加える……のが、トムヤムクンのつくりかたの原則。もちろんいろいろなヴァリエーションがあるが、現地の人のやりかたを見ていると、はじめから強火で沸騰させながら即戦即決するのがコツのようである。決して弱火で煮込むスープではない。

私は、エビ殻ダシと鶏ガラスープとを合わせたものをベースに、ちょうどうちの庭でできたヒラタケの乾燥保存品があったのでそれを水で戻して戻し汁とともに加え、市販のトムヤム・キューブを溶かし込み、ココナツ・ミルク（缶詰）を注ぎ、前述のハーブ、スパイスを放り込んで煮た。これをトムヤムクンとして完成させるにはエビの剝き身を加えてパクチーでものせてやればよいわけだが、今回は剝き身はローストで食べてしまった。だからスープだけ。キノコが少し入っている。しかしスープで煮たエビというのは旨味が抜けてしまうので、単なる飾りか、たしかに本物のエビを使いました、という証拠品くらいにしか役立たない。私は実質を尊ぶ者だからそれを不要と考えるが、どうしても淋しければ、ロースト用のエビを１尾だけとっておいて、麺の天辺にでものせてやればよいだろう。

## タイ米の食べかた

アジア料理をつくるときには、タイ米を炊く。昔はわざわざタイへ旅行するたびに重い米袋を買い込んだものだが、最近は手に入りやすくなった。世間ではタイ米はよく水に浸してから炊けというがあれは間違い。長粒米はなるべく水分を少なくして粘り気なく炊いてこそ美質が生きるのである。水加減はタイ米1に対して水が0.85ないし0.9。それも、研いだらすぐに炊く、長く水に漬けておいてはいけない。

そうやってパサッと炊き上がった軽やかなコメに、なにか汁のあるおかずをかけながら食べるのがよい。炊くときに水分を与えるのではなく、炊き上がったコメに水分を加えながら食べるのだ。もちろん、炒飯にすればサラサラの最高品ができあがる。

## 鶏と豚のアドボ

鶏モモと豚ロース肉を、醤油2、酢1、スープ2の割合でつくった煮汁の中で煮る。鶏と豚の両方があれば鍋に張った水にそのまま入れ、醤油と酢も最初から加えて煮ていけばとくにスープは不要。ニンニク1片を香りづけにする程度だ。30分も煮ると、とてもよい味になっている。つくりかたはきわめて簡単だが、なんともうまい、これはフィリピンの代表的な料理である。

## 豚肉のラープ風サラダ

アドボライスの副菜に、豚肉のラープ風サラダをつくってみよう。本物のラープは肉を発酵させたものだが、私は簡単に、焼いてスライスした豚肉と生タマネギをミントの葉とともにナムプラで和えるだけ。ただ、このとき米粒を焙烙で炒ってから石臼で砕いた粉をまぶすと、雰囲気だけは少し本物に近くなる。

インゲンは、生のまま石臼で潰して、ピーナッツの砕いたものと、砂糖、ナムプラで和えた。

Pâté de soja au porc haché
épicé à la façon de Madame Ma

# 麻婆豆腐

***Pâté de soja au porc haché, épicé à la façon de Madame Ma***

私が麻婆豆腐という料理を自分でつくるようになったのは、十年以上前、中国の成都で、マーボードーフ発祥の地として知られる陳麻婆豆腐店を訪ねて以来である。本家本元の味があまりにも衝撃的で、とにかくそれまでに食べてきた凡百の麻婆豆腐とは決定的に違うものだったからだ。私は日本で手に入る材料でなんとかその味を再現することに腐心し、どうにか満足できるものをつくることに成功した。それからというもの、私は少なくとも麻婆豆腐に関しては、自分のつくったもの以外は決して食べないようになった。

ポイントは山椒である。

とにかくたくさん入れる。青山椒（緑の実、フレッシュまたは塩漬け）は香りがよく、花椒（乾燥品）は辛みがシャープだ。食べ終わる頃には唇の端のあたりが麻痺して（山椒の辛味のことも《麻》と表現する）ピリピリと震えるようになるくらいが、適量。山椒は湿気を払うといい、四川地方ではさまざまの料理にむしろ唐辛子よりも多用するのがならわしだ。

それから大切なのが、醤（ひしお）。

中国では、味噌から醤油にいたる過程にあらわれる多様な醤を利用する。豆が発酵して味噌になりかかったもの、味噌がたまりに変わる途中の流動体、醤油に近い味噌、味噌に近い醤油……そうした複雑な風味を持った調味料を身近

なところで手に入れるのがもうひとつのポイントである。
私は、いろいろ試行錯誤したが、現在は、近所のスーパーで売っている地元産の《ひしお》と銘打った製品（豆の香りを残してたまり醤油に変化しつつある味噌、のようなもの）を中心に、豆豉（トウチ＝発酵豆）とそのペーストを混ぜたものを使っている。
豆腐は、木綿豆腐。しっかりと硬い、それこそ縄で縛って運べるような豆腐がある地方はそれを使うとよいが、信州ではそういう豆腐が見つからないから、私はふつうの木綿豆腐を水

# 陳麻婆豆腐 玉爺的製法

から茹でて二十分ほどぐらぐらと熱し、取り出してまな板の上に並べ、上からもう一枚まな板をのせて水を切る。しばらくして冷めると、歯ごたえのある中国風の豆腐に近くなっている。

中華鍋に油を熱し、ニンニクとネギのみじん切りを炒め、挽肉を加えさらに炒める。

市販の豚挽肉を使う場合、この前の段階で、ほとんど油

気のない中華鍋でいったん空炒りをすることに私はしている。そうして少し水を出し、出てきた水（と脂のまじったもの）を捨て、一般的な豚肉の持つ水っぽさを除去しておくのである。

さて、肉が炒まったら、酒を注ぐ。日本酒でよい。強火で飛ばす。そこへ少しスープを入れる。鶏ガラの顆粒を振って水を加える簡便な方法でもかまわない。そうしておいて、豆豉の刻んだの、豆豉ペースト、醬、唐辛子、山椒を次々と、好きなだけぶち込んでいくわけだ。よくかきまぜると、黒いような赤いような茶色いような、迫力のある流動体ができあがっていく。

豆腐は水切りをしたあと一辺が二センチほどのサイの目に切っておき、供する直前に鍋の流動物質の中へ投入し、大きくかきまわしながら熱する。豆腐に温度が伝わればできあがりだ。片栗粉でトロミをつけたりすることはしないし、青味のネギを散らしたりすることもしない。

これが、私のやりかたである。

Délices vietnamiennes: Göi Cuốn, Chá Gio, Bánh Xeò

# ベトナム風春巻とバンセオ

*Délices vietnamiennes; Göi Cuốn, Chá Gio, Bánh Xeò*

夏になると、ベトナム料理だの、タイ料理だのが食べたくなる。やはり、暑い国の食べものだから、だろう。とくにベトナム料理のほうは、初夏から秋のはじめくらいまではかなり頻繁に食卓にのぼるのに、朝晩が冷え込むような季節からは誰も食べようといわなくなるのが不思議である。

ベトナム料理といっても、レパートリーは限られている。いちおう現地で食べた味をもとにそれらしく再現できる品は七つか八つはあるけれども、我が家で、《ベトナム料理》といった場合は、

(1)チャージョ（揚春巻）

(2)ゴイクォン（生春巻）

(3)バンセオ（ベトナム式お好み焼き）

の三品を指すことが暗黙の了解になっているのだ。とくに後二者は、つくりかたが簡単で時間がかからないので、昼のあいだ畑に出づっぱりでくたくたに疲れ、重い足を引きずって戻ってきた夕方、

「面倒だからバンセオにするか」

「ゴイクォンで一杯飲んでからね」

などといいながらつくりだす、農繁期の定番メニューにすらなっている。

ゴイクォンは、茹でたエビと生野菜を包んだ生春巻、南ベトナムの名物だ。チャージォのほうは南北ともに食べる、小型の揚春巻。中身は地域により家庭によりさまざまのようだが、両者ともコメの粉からつくられたバンチャン（ライスペーパー）を皮に用いる。最近はこの食材が手に入りやすくなったのがうれしい。乾燥品だから、買い置きがきく。

ゴイクォンの中身は、私は中型エビの茹でたのと、レタス（サラダ菜）、ミント、レモンバームなどの緑葉、それに湯で戻したビーフンを使う。ホーリーバジルの葉があればなおよいし、本当はドクダミの葉も巻き込むとよりベトナム風になるのだが匂いが強過ぎるので控えている。

つくりかたは、簡単至極。水を塗って柔らかく戻した中型サイズ（直径二〇センチ）のライスペーパーの中央にエビを並べ、青菜を置き、ビーフンを芯にして、両側から包むようにして巻いていく。このときにアサツキ（か、好みでニラ）をシッポのように片側から出すのがならわしだ。

味つけもなにもいらない。小皿にニョクマム（またはタイのナムプラ）を水で薄めて少し砂糖を加えたものを用意し、手で持った生春巻をそれにつけて食べる。香草の香り、

Göi Cuốn

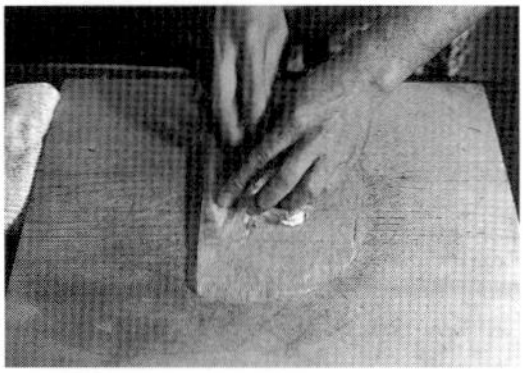

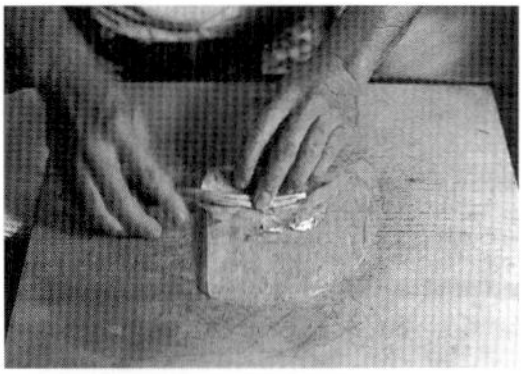

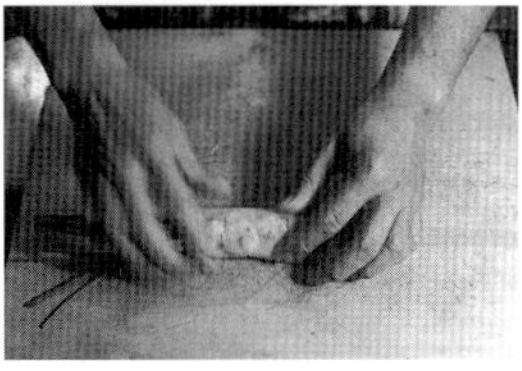

生葉の歯ざわり、品のよい風味。疲れたからだに、涼しさと優しさがじわりと浸透していくような食べものである。

チャージョの場合は、大型（直径三〇センチ）のライスペーパーを四つに切ってから中身を巻く。中身は豚バラの挽肉に茹でビーフン、タマネギのみじん切りをいっしょにフードプロセッサーで混ぜたもの。それに我が家では、カニ缶をほぐしてたっぷり加えるという贅沢をすることがしばしばある。タラバでもズワイでも、到来物の缶詰などあれば最高。豚肉と半々くらいの量にすると素晴らしい味になる。全体をやや柔らかめのペースト状に仕上げ、わずかの塩と胡椒で下味をつけておく。

この下ごしらえには多少の手間がかかるので、畑から帰って食事の直前に……というわけにはいかないが、中身だけならあらかじめつくって冷凍しておくこともできる。ただ、巻き上げてから冷凍したものをそのまま揚げると、かならず油の中で皮がほどけてグズグズになってしまう。あるいは巻くときに心配だからと接着面に水をつけ過ぎても、同様に油の中でくずれることがある。できれば朝のうちにつくって冷蔵庫に入れておき、なるべく低温の油で揚げはじめる（最後は強火にしてカラリと）のが理想的だ。

　チャージョは、生野菜で包むようにして、香草もいっしょに、やはりニョクマムのソースをつけて食べる。爽やかで、夏の宵のビールのつまみとして申し分ない。

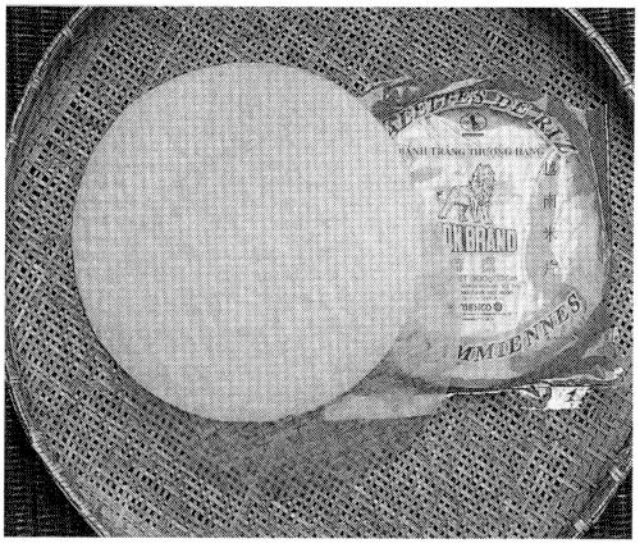

## バンチャン

米粉を水溶きし、寸胴鍋（のようなもの）の上端に張った布の上に薄く広げ、下から蒸気をあてて熱する。白く固まったらハシの先で器用にすくい上げる。コメでつくった湯葉のようなものである。そのまま食べてもうまいが、竹ザルの上に並べて乾燥させれば保存も応用もきく。これが、ベトナムのバンチャン。欧米人はいみじくもライスペーパーと呼ぶが、まさしく紙のようである。

　乾燥品は水で戻して使うのだが、水分の量が微妙だ。足りないと硬

くて、折り曲げたときにこわれてしまうし、多過ぎるとベチャベチャになって扱い難い。ペーパーの厚さにもよるのだが、刷毛でサッと塗るか、湿った布で拭くくらいのほうがよさそうだ。円型の中心部には少なめに、周縁にやや多めに水分を含ませ、一、二分の経過を待って、ちょうど細工のしやすい柔らかさになったところで仕事にかかる。

タイ製とベトナム製が日本では手に入るが、ベトナム製のほうが薄手で品質がよい。やはり本場だからか。

ちょっとオシャレな食材として、ライスペーパーを応用するフランス料理のシェフもいる。家庭に備えておいても面白いだろう。

たとえば、エビ（殻を剥いて背わたを除いたもの）を、戻したライスペーパーで四角く巻いて揚げてみよう（76ページ参照）。薄いから早く火が通り、中が透けて見えて美しい。揚げるとペーパーが縮み中の空気も抜けるから皮が破れるおそれもあるが、春巻の場合も含めて、どのくらいの水をつけてどのくらい時間が経ったらちょうどよくなるか、揚げたときに剥がれるか破れるか、等の呼吸は、数回失敗するうちに身につくだろう。

新しい食材を手のうちに入れるには、いうまでもなくそれなりのトレーニングが必要だ。

さて、これら二種類のベトナム春巻で一杯やっているうちに

疲労が回復して食欲が戻ってきたら、そろそろメインディッシュのバンセオを用意しようか。

豚バラ肉（なるべく脂の多いところ）の削ぎ切り数片、ナマの小エビ数尾、タマネギのスライス少々、それにタマゴ一個と、モヤシひとつかみ、浮粉に、ターメリック、水。以上が必要な材料である。

バンセオにもどうやらさまざまのつくりかたがあるようで、ベトナムでも店によってずいぶん味もやりかたも異なるが、私のはホーチミン・シティーで食べたうちでいちばんおいしかった店の方法を真似たものだ。

太いのや細いのやインゲンがたくさんとれたので、全部こまかく切ってネギと干しエビといっしょにニョクマムで炒めてみたらとても美味だった。

まず、深めの大きい鍋に油を熱し、豚バラ肉とタマネギ、続いて小エビを軽く炒める。そこへ、浮粉にわずかばかりターメリックを加えたもの（これは色づけ）を水で溶いて、ジャッと鍋にあけ鍋をまわしながら底に薄い膜が張るようにする。これは薄ければ薄いほど、パリッと仕上がる。二、三回に分けて、大きな（ひとつながりの）薄膜をつくるようにするとよいだろう。

浮粉というのは、上質の小麦でんぷん。純白で、見た目は片栗粉（ジャガイモでんぷん）に似ている。

もちろん、コメの国ベトナムでは、コメの粉を使うのである。が、日本で手に入る上新粉（米でんぷん）でこれをやろうとすると、どうやってもパリッと仕上がらないのだ。ボテッとした、分厚く柔らかいものになってしまう。それを嫌ってああでもないこうでもないと、試行錯誤した結果に出会ったのが浮粉なのである。コメと小麦の違いはあるが、これだとあのホーチミン・シティーの店（名前は忘れたが大型バスを格納するガレージの一角でやっている、いつも満員の人気店）のバンセオの感触に限りなく近くなる。

そうそう、つくりかたの続きだけれど、そうして浮粉の薄膜がエビと豚とタマネギを固定しつつ鍋底の全体に形成されたところで、タマゴを一個分、溶いて全体にかけまわす。

次に、上からモヤシをひとつかみ、もちろんナマのまま、のせる。

そして最後に新しい油をひとまわり、薄膜の縁から加えたあと、中蓋——薄膜の直径よりやや小さめ、しかしモヤシの全体を覆う程度の深さを持った、なにか他の鍋の蓋を探して使う——をかぶせて、皮の表面にしっかりと焦げめがつくまで焼くのである。

調理は最初から最後まで強火。中蓋をしてからも強火のまま数分は焼き続ける。タマゴの水分があるので、心配になるくらい長いあいだしっかり焼かないとパリッと仕上がらないのである。皮はパリッ、タマゴはトロリ、モヤシはシャキッ、とできあがれば成功だ。

バンセオも、調味はまったくしない。春巻同様、ニョクマムの水割りをつけながら食べるだけで、自然と頰が緩んでくるのを感じるはずだ。こんなにシンプルでうまいものを考え出すベトナム人民に脱帽しよう。

言い忘れたが、モヤシは、かならず事前に頭とヒゲ根をていねいに取っておくこと。これだけは決してサボってはいけない。手を抜けば、確実に味が落ちる。

## バオバブとミモザ BAOBAB&MIMOSA

我が家には4匹の犬がいる。軽井沢時代から共に暮らしているシバとコロの姉弟（シバ犬系雑種）に、4年前に新しく加わったのがウェルシュ・コーギー・カーディガンのバオバブ君。賢くて優しい胴長短足の牧羊・牧牛犬として古くから知られるコーギー種の犬は、日本では数が少ない。だから嫁探しを心配していたのだが、昨年運よく知人から仔犬をもらうことができた。名を、ミモザ、とつけた。黒茶長毛のバオバブに対してミモザは金茶短毛、温厚なバオバブにお転婆のミモザと性格は違うが、彼女がもう少し成長すれば、きっといいカップルになるに違いない。

# *autonne*

8月のなかばを過ぎると、
強い太陽の日射しに揺らぎが見えはじめる。
が、夏の熱気が消え去るには
まだ長い時間が必要で、
秋は、ようやくやって来たかと思うとすぐに終わる。

# 豚のロースト日本酒ソース

*Rôti de porc à la glace de Saké japonais*

ひょんなことから、新しいレシピを発見することがある。

鹿児島から送られてきた黒豚の肩ロースを三センチほどの厚みに切り、わずかばかりのオリーブ油を引いたテフロンのフライパンで焼いていたときのことだ。表面にはきれいな焦げ色がつき、そろそろ中もピンク色程度に仕上がりそうな頃合い、私はガスの火を弱めて、フライパンの中に少量の日本酒を注いでみた。最後にこれで酒蒸しのようにしてから、粗熱がとれて肉質が落ち着いたところをスライスして、和風の鴨ロースのように、カラシ醤油かなにかで食べようという算段だった。

日本酒を注いでフライパンの上から蓋をしたちょうどそのときに、電話がかかってきて、あいにく誰もいなかったので私が出た。

料理中の電話には決して出ないことにしているのだが、鳴り続ける音をとうとう無視できなくなって受話器をとったら、誰だったか……とにかくちょっとこみいった話になってしまい、私は台所のとなりの部屋で話しこんだ。

受話器を置いて、気がついた。あ、豚のローストが……！

あわててガス台に駆けつけてみると、もうあたりにはなんだか焦げついたような匂いが漂っていて、蓋をとると、フライパンの中の汁はあらかた蒸発して茶色い飴状のものが鍋底に張りついていた。

これが、我が《日本酒ソース》発見の顚末である。

フランス料理では、肉などを焼いたあとに鍋肌にこびりついたもの——旨味成分を含んだ肉汁に、多少の脂肪などが加わって、なかば固形化したもので、これを《グラス glace》と呼ぶ——を、肉を取り出したあと、少量の水分を加えながらヘラなどでこそげ取る。水分はワインでもスープ（ブイヨン）でもなんでもよいが、そうして肉から出た旨味をもう一度取り戻して、そこへバターなりクリームなりを落としてさらにトロリとさせてソースをつくるのである。

この、鍋の底と肌についたものをこそげ落としてソースに溶かし込む作業のことを、《デグラッセ délacer》という。

肉から大量の脂肪が出て鍋の中にアブラが溜まっている状態のときは、まずその脂（グレス graisse）を捨てる作業（デグレッセ dégraisser）をしたあとにデグラッセをすることになるわけだが（日本語で表記するとややこしい）、この《グラス》という言葉は、

「氷 glace」

と同じ。おそらくは、鍋底に張りついてテカテカと光っている状態を指す表現と思われるが、そうだとしたら日本語の、

《照り》

に近いといえるだろう（フランス料理ではさまざまのやりかたで《照り》を出す技法

をグラッセ glacer という)。

つまり私は、日本酒が焦げて、豚肉から出た肉汁といっしょになってキャラメル化しているその光景を見て、お、これはデグラッセすればよいソースになるかもしれないぞ、と閃いたのである。

肉を取り出し、その鍋にさらに少量の同じ日本酒を加えて中強火で熱しながら木べラで丹念にデグラッセする。その最中にもシュワシュワと酒は泡立ち、水分が蒸発すると同時に糖分が輝きを放ちながら固まろうとしていくようすが見てとれる。慎重に視線を注ぎ、全体が一様に鳶色の、美しい照りのあるトロリとしたソース状になったところで火を止める。

肉を数ミリ厚に切って皿にのせ、熱々のそのソースを添える。肉には焼く直前にわずかに塩胡椒をしておくが、ほかにはなにもいらない。ソースの材料は日本酒だけ。銘柄によって糖分が違い焦げつくスピードにも差が出るから、酒を加えるタイミング、焦がす程度については数回の試行錯誤が必要だが、いずれにしてもこの美しい色のソースは香ばしく、甘味はかなり強いが絶妙のバランスで、たいていの人がマデラ酒を使ったのだろうとか、蜂蜜や醤油が入っているのではないかとか、なかなかつくりかたを当てられないのが面白い。

このほかに、豚肉を焼いたときのソースとしては、バルサミコ酢を利用したものもよくつくる。

肉を少量のオリーブ油でソテーし、皿の上に取り出したあとの鍋に、バルサミコ酢を注いで少し煮つめる。バルサミコ酢は高価なものだが、最近は手に入りやすい価格帯の輸入品がふえたのはありがたい。

シュワシュワと黒っぽい酢が煮立ったところへ、醤油を加える。割合は、酢が3に対し醤油1くらいか。さらに強火で煮立てていくうちに汁がハネるようになるから、そこへ少量の新しいオリーブ油を加えてやって全体をまとめる。これもまた、豚肉に実によく合う美味なソースである。

## エピナール

フランスのレストランでメニューを読んでいると、料理のつけ合わせに出てくるホウレンソウを《エピナール・アン・ブランシュ épinard en branche》、と記しているのに気づく。直訳すれば、枝（茎）つきホウレンソウ。ホウレンソウに茎がついているのはあたりまえではないかと以前から訝しんでいたのだが、どうやらフランスではホウレンソウというのは大ぶりのバキバキの硬い葉のついたものと相場が決まっていて、たいがいの料理ではその葉先だけをむしって使うから、わざわざ茎つきとうたうのはよほど柔らかい上物だよと断っているのか。

日本のホウレンソウは柔らかく、最近はとみにフニャフニャである。が、ヴィラデスト産は、秋口の若葉のうちはナマで食べられるくらい柔らかいものの、気温が下がるにしたがって葉は強く厚くなり、霜と冷気に傷めつけられているうちにさらにタフになって、葉は硬く尖って地を這うようになっていく。寒さから身を護るために体内に栄養をたくわえ放熱を最小限に抑える生命の知恵なのだろう。冬になって畑からとってくる我がエピナールは満身創痍のベテラン（老兵）のごとき硬骨漢で、枝茎から葉だけをむしり取ってやらないことにはとても料理には使えない。

しかし、この、なかば野生化したような秋の終りから冬にかけてのホウレンソウは、実に旨い。

ゴミを取り、砂を払い、茶色く枯れた部分を取り去り、緑の葉だけを、熱湯で湯がいてからバターで炒める。美しい色、しっとりとした歯ごたえ、そして噛みしめると舌の上に滲み出すなんという甘さ！

そう、これが、ホウレンソウの味なのだ。

とりわけ根もとの真赤な部分をコリコリと食べていると、昔母親に食べろといわれて嫌がった、しかし今はとても懐かしい、あのなんともいえない甘さが甦ってくる。

# ローストビーフ、フレッシュホースラディッシュ添え

*Rosbif, avec le raifort frais*

玄関のわきに、ホースラディッシュが生えている。

庭に植えるハーブや灌木を知りあいの農園からもらってきたのだが、そのときに、どこかにホースラディッシュのタネが紛れ込んでいたのだろう、しばらくして、思いがけないところから、芽を出した。

濃い緑の長い葉がすくすくと伸び、たちまちのうちに大きな株となる。特徴的な葉のかたちからそれがホースラディッシュであることがすぐにわかり、私は、これでローストビーフが食べられるな、とよろこんだ。

ローストビーフにホースラディッシュ。定番の組合せである。刺身にワサビ、といったところか。おそらくホースラディッシュにもワサビと同じようないわゆる《毒消し》の効果があるからだろうが、たしかに薄いグレイビーをかけただけのローストビーフのじんわりとした味に、ホースラディッシュの鼻にツンとする刺激とわずかな酸味、そしてフレッシュな根の甘さがよく合うこともたしかである。

芽を出してから丸二年を過ぎた株は、五月になると小さな白い花を咲かせ、暑い夏のあいだにいっそう巨大に伸長して、そろそろ太い根が張っているのでは、と期待を抱かせた。

さて、秋のよく晴れた日の午後、私はまず肉を用意してから農具小屋にスコ

ップを取りに行き、ホースラディッシュの根を掘った。

深い。お、凄いぞ。

スコップの刃先が、かなり下のほうで固いものに当たった。強い根が張っているようだ。私は慎重に周囲から土を起し、手を入れて中を探った。ある。白っぽい根が見える。太い。指先で根に沿って土を掻き出すが、分かれた根はさらに奥深く地中へ潜っている。

　結局はどうしても引き抜けない何本かの先端は土の中に残して（そこからまた新しい芽が出てくるはずだ）あとの根塊を収穫したのだが、思いがけない大捕物となった。

　ローストビーフは、牛肉の塊りをオーブンで焼く。昔は薪を焚いた暖炉の前で、鉄串をぐるぐるとまわしながら焼いたものだ。

　が、私は現代ふうに、もっとシンプルでスピーディーな方法を採用しようと思う。たくさんつくって残りものを食べ続けるのも飽きるし、料理に長い時間をかけるのも避けたい。それに、大きな塊りを焼くと、表面のクリスピーな（パリッとした）焦げ色のついた部分の量は相対的に少なくなる。ローストビーフは、中側の血の滲んだしっとりとした部分に、表面の焼けた部分の両方がバランスよくあってこそおいしいのではないだろうか。

　ステーキ用のサーロイン肉を、厚さ二・五センチくらいに切って、テフロンのフライパンで油を引かずに焼く。

まず両側に軽く焦げめをつけたあと、側面をしっかりと焼く。それからガスの火を少し落として、ときどきひっくり返しながら、ミディアムレアとミディアムの中間（微妙だが）になるようにと念じつつ時を待つ。これはガスのカロリーにも肉の状態にもよるので何分何秒と特定することはできない。重要なのは、肉の内部のようすがどう変化しているかを必死に想像すること。あとは何度か経験を積むことだ。

焼けたと思われる肉片をまな板にのせ、包丁でなるべく薄く削ぎ切りにしていく。切り進むにつれ、しだいに肉汁がじわりと滲出してくる。濃いピンクに、こまかな脂肪粒の光。うまそうだ。

ローストというのは、比較的強い火を遠くから当てて焙り焼きする調理法である。その結果、素材の内部に熱がこもり、近くから直火を当てるグリルとは違った味をつくり出す。それをフライパンで（鉄面をはさんで）加熱するのはまさしく邪道であるのだけれども、しかしある程度の厚さの肉をそうして焼けば、塊りをオーブンで焼いたのと、ほぼ同じ結果を得られることもたしかである。

ローストビーフは、厚く切って食べる場合と、薄く切って食べる場合がある。どちらを採用するかは好みによるけれども、私は薄いほうによりいっそうの滋味を感じるので、薄切りにしかできないこの方法（だって、厚さ二・五センチの肉を焼いてそのまま出せ

ばそれはステーキでしかない。薄く削ぎ切りにしてはじめてローストになるのだ）でいっこうに構わない。しかも、カリカリの表面も十分に味わえるという利点つきだ。

　こうして切った薄い肉を、皿の上に並べる。

　フライパンの中に残った肉の脂と汁に、赤ワインを少量注いで、熱しながら鍋についた焦げ部分といっしょにかき混ぜる。それから私は醤油を注ぎ、さらに、醤油と同量のオリーブ油を加える。オリジナルのインチキ・グレイビーである。シュワシュワと泡が立って全体が煮つまったら、皿の上の肉にかける。

　肉を焼いているあいだに、ホースラディッシュをおろし金で擂《す》りおろそう。ホースラディッシュは表面の厚い皮が指先で簡単にくるりと剝けて、まっ白な中の肌が顔を出す。その身だけを擂ると、ピリッと目と鼻を刺激する、しかしなんとも甘やかな香りが漂いはじめる。それを、肉のわきにワサビのように添えて、できあがり。きわめて短時間にできあがる薄切りローストビーフだが、塊りで焼いたものとなんら遜色はない。

　ソースに使う赤ワインをほんの少量、としたのは、多過ぎるとワインソースのようになりグレイビーらしさがなくなるからでもあるが、料理に使うよりも直接飲むほうを優先したい、と考えたからだ。

# ドルマとミティティテイの焼きなすソース

*Dolma et Mititei, à la sauce d'aubergines*

我がヴィラデスト農園も、ブドウ畑にブドウが実り、タイムの灌木に縁どられた菜園にチコリやフヌイユが育っているならば、本当は入口のあたりに大きなオリーブの樹と、ついでに羊の群れくらいは欲しいところだ。

「玉さん、きょうはどこにいるの?」

「あの山の裏あたりに、羊たちを連れていっているはずだよ」

こんな会話が交わせたら素敵ではないか。だが残念ながら牧場にできるほどの広い土地は持っていないし、私も羊飼いの適齢期を過ぎている。

が、キツネやタヌキが多いのでニワトリは飼いにくいが、ヤギくらいならなんとかなるかもしれない。単数では存在しない羊（sheepは単複同形である）と違って、ヤギなら一頭でも飼えるだろう。

「原稿、そろそろ締切りを過ぎてるんですけど……」

と編集者から電話があったら、

「ああ、原稿ね。さっき書いて、ファックスしようと思って置いといたらヤギが食べちまって」

と言えるからヤギは役に立つ。そのうえ雑草を食わせてチーズがつくれれば文句はないのだが。

さて、本題に入るか。

ドルマとミティティである。

まず、ブドウ畑へ行って、ブドウの若い緑葉を取ってくる。ギリシャ料理のドルマ（ドルマタキア）といえば、コメをタマネギやハーブなどとともに炒めてブドウの葉に包み、それをさらに一時間ばかり蒸し煮にするのが常法だが、私はもっと簡単につくる。

ブドウの葉をバットに並べ、上から熱湯をかけてそのままにしておく。しばらくすると、若緑色が渋いオリーブ・グリーンに変わる。色だけを見れば、塩漬けのサクラの葉に近い（これで代用する手もあるか）。冷めたら取り出して水分を拭い、そこに調理済みの

コメを置いて巻けばできあがりである。コメは冷飯。そのまま食べてちょうどよい固さの冷飯に、タイム、オレガノ、塩、胡椒、クルミのかけらなどを加え、レモン汁とオリーブ油で和える。コメのサラダの感覚だ。ドルマはもともと冷製のオードブルだからこれでよいのである。ブドウの若葉は湯通ししただけで十分に柔らかく食べられる。

このドルマを前菜にしてワインのつまみに食べるのも悪くはないが、これだけでは日本人には菜飯を食っているようで味気ないものだから、挽肉を焼いた料理のつけあわせとしてこれを利用しよう、というのが今回の趣向である。

羊がいないので、羊肉を買ってくる。仔羊の背肉のミンチ。脂肪が少なく、キメこまやかで美しい。

しかし……日本で売られている仔羊肉には、どうして香りがないのだろう。羊は臭いという人がいるが、実はあの匂いがよいのである。芳香を放たぬ羊のどこに存在価値があるというのか。

そういえばハーブの類も、東京のデパートやスーパーで売られているのは、おしなべて香りに乏しい。バジリコしかり、コリアンダーしかり。我が農園で育つハーブがどれも強い香りを持っていることを考えると、日本でそうしたものが栽培できないというわけではない。要するに日本人の多くが慣れない匂いを敬遠するために、消費者のニーズに合わせて個性を薄めたものを生産している、ということなのだろう。

ミティテイというのはルーマニアの代表的な料理で、本来は牛肉を使う。だからまあ羊の匂いは私の思い入れが要求しているだけで、なければないで構わない。匂いがないなら、牛肉を使っても同じことだ。とにかく羊でも牛でも、挽肉に塩胡椒とハーブを混ぜこんでよく手で練り、ちょうど人差指くらいの長さと太さの丸っこい直方体をつくりあげる。イメージとしては、

「皮のないソーセージ」

である。

ハーブは好きなものを混ぜる。ルーマニア料理の本を読むと、タイム、クローブ、オ

ールスパイスを用いると書いてあるが、私は自家製のタイム、セージ、オレガノの乾燥粉末をたっぷり使い、あとはニンニクをみじんに切ったものと、ほんの少しのカイエンヌ・ペッパー……量はそのときどきで変わるからレシピは書けない。

　バットにオリーブ油を取り、できたミティテイを転がしながら端から並べていく。そうしてオリーブ油で表面をコーティングしてから、直火でグリルするのである。

　これは簡単にできて実に美味な料理で、そのまま食べても、醤油をつけてもいけるが、せっかくギリシャ、ルーマニアと来たからには仕上げはトルコ風に、焼きナスを潰してヨーグルトと和えたソースを添えてみようと思う。トルコとその周辺の地域では、焼いた肉にヨーグルト（とオリーブ油）をかけて食べることがよくおこなわれるし、地中海から中東に至る国々では、焼きナスをニンニクとともにヨーグルトで和えるのはポピュラーな料理のひとつである。ええい、この際全部合体してしまえ。

焼きナスのつくりかたは、日本料理と同じである。強火で手早く皮を焦がす。中まで柔らかくなったところで、ときどき指を冷水で冷やしながら黒くなった皮を剝く。このあたり、スピードが勝負である。全体を水に漬けるやりかたは、旨味まで水に流しそうな気がするので私は採用しない。皮が剝けたら皿に取ってショウガと削り節と醬油……ではなく、ここからがエスニックなのだが、ヘタを切り取って捨てたあと全部を包丁で叩いて潰し、ボウルに入れてオリーブ油をタラーリとかけまわし、塩をし、ニンニクを擂ったものを加え、さらにヨーグルト（あらかじめ水気を切っておく）を加えてよくかき混ぜるのである。

この焼きナスソース（ペースト）は、そのまま薄いトーストにのせてカナッペとしてもよいし、キュウリやニンジンのスティックのためのディップにもなる。

ブドウ畑は全体で二〇アール（約六〇〇坪）ほどあり、そこに四百六十本のブドウの木が植わっている。南に向かった斜面に、二・五メートル間隔で二十六列の支柱群。一列に七本の支柱が立てられてそれらの間を針金がつないでいる。木はほぼ一・五メートルの間隔で植えられているのだが、すくすくと育っているのもあればいっこうに生長しないのもあり、なかには根もとを虫に食われて枯死してしまったものもあり、死んだ株のあとには新しい苗木

最初に若苗を植えたのは、
92年の初夏である。
それから、4年が経った。

いる。

を植え足したりもしたのだが、いまのところは間隔も一列あたりの本数もバラバラになって

最初に若苗を植えたのは、九二年の初夏である。それから、四年が経った。ブドウはふつう五年で成木になるとされているので、そろそろヴィラデストのブドウ園も青春期を迎えようとしているといえようか。

品種は、赤がメルローとピノ・ノワール、白がシャルドネ。九三年秋には早生りのわずかな果実を収穫して十二本のワインをつくった（メルローとピノの混醸）だけだが、九四年産はそれぞれ品種別に醸造して合計百一本。九五年産は二百本あまりと、いちおう順調に生産力をのばしている。畑の広さからいけば最大二千本くらいまで収量をふやすことは可能だといわれるが、一本残らずきちんと実をつけさせるほどの技倆もなさそうだし、それに、一本の木につける実の（房の）数を減らしたほうがそのぶんだけワインもおいしくなるので、まあ、すべてが成木に達したとしても、良い房だけを残してせいぜい年産五、六百本程度にとどめようか、と思っている。一人で面倒を見ている畑だからそれ以上手間のかかることもできないし、五百本くらいなら、ほぼ自家消費することのできる量である。

ブドウの手入れにいちばん時間がとられるのは六月から七月。ぐんぐんと伸びる葉とツルを整理するのが大変だ。毎日二、三時間は畑で過ごさねばならない。そして、消毒。

ブドウは消毒をしないとどうしても病気や虫にやられるので、あまり気は進まないが、や

らないわけにはいかない。防護服を着てもふりかかるクスリの飛沫。汗でグズグズになりながら二時間も三時間も働く。規定とされる回数の半分くらいの減農薬をこころがけているが、八月中旬、最後のボルドー液の撒布を終えたときには本当にホッとする。

　八月後半からはもうあまり茎葉は生長せず、ついた実だけが色づいていく。収穫は品種によって時期がズレるが、だいたい九月の末から十月のなかばくらいまでの間である。

**ぐんぐんと伸びる葉とツルを整理するのが大変だ。**

# Gougère Bourguignone

ブルゴーニュ地方のワイン農家を訪れて地下のカーブ（酒蔵）で試飲させてもらうとき、かならずといってよいほど振舞われるのがグージェールである。簡単にいえばシュークリームのシューの中にチーズを入れたものだが、なるほどワインにいちばんよく合うパンとチーズが一体になっているだけあって、ワインを飲みながらこれを食べると、なんともいえないほどおいしい。

夏から秋にかけて、ヴィラデストにはおおぜいの人がやってくる。

訪問者のなかには単に家を見に来たというような見知らぬ人や、用事があるにせよないにせよそれほど個人的に親しくない人もいてそれはそれでよいのだが、親しい友人や知人がやってくれば、やっぱり、せっかく来てくれたのだから食事でも、ということになる。

いっしょに食事をしたいからどうぞ、とこちらから御招待する場合は、望むらくは二人ないしせいぜい四人、つまり私たち夫婦を入れて六人以内で食卓を囲めるようにしたい。そうすれば簡単なフルコースの料理をほぼ私ひとりでつくって、私たちのどちらかがかならずテーブルについている状態でサービスすることができるし、眺めの良い六人掛けのテーブルがある食堂で食べることができる。

が、七人、八人、あるいはそれ以上、となると、そうはいかない。

食べる場所は、台所の大テーブルか、天候が許せば戸外のテラス。その人数ではひとりでフルコースの料理をタイミングよくつくるのが難しくなるから、ある程度メニューも限られてくることになる。

つまり、あらかじめ下準備さえしておけば食事直前の仕事が少なくて済む、それもできれば前日の夜までに主要な仕込みを済ませておけるようなメニュー。そして、予定の人数が当日になって多少増減してもなんとか対応することができ、さらに望むらくは、小パーティーのメニューにふさわしい《華》があり、大人も子供も等しく楽しめるような料理……ということになるだろうか。そんな理想を満たすものは、そうたくさんはないのだが。

# 私流パエリャ

*Paella à la Villa d'Est*

パエリャはご存知の通りスペインの名物料理で、肉や魚や野菜などさまざまの具を炊き込んだ一種の炊き込みごはん。ヴァレンシア地方のものがいちばん有名だがそれぞれの地域で無限にヴァリエーションがあって、絶対こうでなければ、という決まりはない。

強いていえば、

(1)肉と魚介をともに用いること

(2)サフランで香りをつけること

(3)パエリャ鍋で炊くこと

くらいだろうが、なかでもひとつだけ条件を、といわれたら、重要なのは鍋である。

両手のついた、浅い鉄製の、平鍋。この《パエリャ鍋》で炊きさえすればパエリャになる……。

私の場合、定番のパエリャの材料は、豚肉、鶏肉、エビ、アサリ。この四つがあればよい。仔牛やウサギの肉でも手に入れば最高だし、魚やほかの貝類もあらまほしいが、山の中の家でほぼ間違いなく調達できる（といってもエビやアサリは近所の川に棲んでいるわけではなくスーパーに買いに行くのだが）ものとなるとこの程度だ。しかしこれで間違いなくおいしいパエリャができる。

　豚肉（肩ロースかモモ、バラでもよい）と鶏肉はそれぞれ一口で食べやすい程度の大きさにゴロゴロと切り、別々にフライパンで炒める。油はオリーブ油をたっぷり使い、表面にきれいな焦げめがつくまで炒めたら白ワインを少し注いで強火のままアルコールを飛ばす。肉に七、八割がた火が通ったと思ったら別皿に取り、フライパンに残った汁は汁で別のボウルに入れておく。

　エビは頭と殻を外す。剝いた身は背わたを取って別に取り置き、頭と殻のほうをオリーブ油で赤くなるまで炒めてからそこに白ワインを、全体が隠れるくらいに注ぐ。強火で煮ていると、しだいにいい色が出てくる。頭を外すときに指で潰しておくか、あるいはハサミで頭を切っておくと無駄なくダシが出るだろう。十分くらい煮たらスープをボウルに取り、残ったガラに冷水を注いで二番ダシを取るのが、ケチな私のやりかたである。実際、エビは身よりも、頭から出るダシのほうがおいしいくらいのものだ。

　肉やエビはいちおう別皿に取り置くが、肉類を炒めたときの汁とエビのダシは同じボウルで混ぜてかまわない。

　アサリも、砂を吐かせたあと、同じようにフライパンで炒めてワインを注ぎ、フタが開いたら貝を引き上げ、残った汁をさっきのボウルに加えておく。

　これで、下準備が完了した。ここまでは客があらわれる前に済ませておくことができる。

　要するに、使う材料は、それぞれをおいしく食べると同時に、そこからできるだけ旨いダシを抽き出してそのスープでごはんを炊こう、という考えだ。肉を炒めるときにワインを加えるのはフライパンにくっついた旨味を水分で溶かして取り戻そうという試みだし、エビは高くても頭つきのものを買うのはそのためである。
　ダシ取り用の液体は、ワインでなく、日本酒でも悪くはない。ワインは使い過ぎると酸味が出、日本酒は使い過ぎると甘味と苦味が出る。酒が多過ぎると思ったらただの水に変えてもよい。私は、ドライで無性格な白ワインを中心に、少量の日本酒と、水を、混合して用いるのがならわしだ。
　さて、これからが本番。
　パエリャ鍋を用意する。大きな鍋には大きなガス台も必要だ。直径一メートルくらいのをこのつぎに買いたいものだと思っているが、そうなったら野外で焚き火でもしなければなるまい（仕上げの段階で鍋ごとオーブンに入れたりする人がいるがそれは邪道。パエリャはあくまでもオーブンにつくりたい）。

パエリャ鍋にオリーブ油をタラーリと注ぎ、まずみじん切りにしたタマネギとニンニクを炒める。次いでコメを炒める。リゾットをつくるときと同じように、ナマのコメを洗わぬまま。ここが肝腎なところだ。そして全体をかきまわしながら、米粒が熱くなったように感じたら、ボウルのスープを一挙に注ぐ。いや、とりあえず三分の二くらいにしておくか。途中でようすを見ながら足していくほうがいいだろう。はじめからスープが多過ぎると、汁気がなくなる頃にはコメが柔らかくなり過ぎて、おじやのようになってしまう。足りなければ、スープか水を少しずつ加えていって微調整ができる。

強火で、フツフツいってきたら少し火を弱めて、蓋をせずに（あたりまえだ、パエリャ鍋に蓋はない）そのまま炊くが、この頃に、サフランを、パラパラと投入する。はじめ赤いメシベが表面に落ち、しばらくするとそこから美しい黄色が広がっていくのが見えるはずだ。

ときどき、米粒を拾ってかじってみる。

まだ硬いが、それでもだいぶ芯が細くなってきた、と思ったら、その段階で肉類を加える。表面のあちこちに適当な間隔で置けばよい。次いでエビ、最後にアサリ。エビはあらかじめ火の通りを半生にしたかったのでナマのまま入れたが、きれいに飾りたければあらかじ

めこれも火を通しておくとよい。

私のパエリャは、見た目はグズグズである。具を加えたあと、さらに何度もかきまわすからだ。ふつうなら、肉はともかく、エビや貝類は上に美しく並べるところだし、野菜もトマトやピーマンなど加えて彩りを考えるに違いないが、私は単純に、全体が混然として旨味が絡み合っている、素朴で実質的なイメージを尊ぶのである。

米粒がほぼすべての水分を吸収し終わった時点でできあがり。その時点で米粒にしっかりとした歯ごたえが残っていれば大成功。もし失敗して米粒が柔らかくなり過ぎても、食べれば確実においしいから心配は要らない。

# タラマとムサカ

*Tarama et Moussaka, à la grecque*

タラモサラタとムサカは、我が家の古くからの定番料理である。いうまでもなくこれらはギリシャ料理のなかでももっともポピュラーなふたつのアイテムであるわけだが、うちの場合はとくにギリシャ風のパーティーをやろうというときでなくても、人数の多い来客、それも子供がまじったり正確な参加者数がつかみかねるような会食のときにかならず登場することになっている。これまで、はじめての人に食べさせてもこれらを嫌いだといって（口に出しては言わないまでも）食べなかった人はいないし、子供たちもよろこび、量も適当に調節でき、しかも味つけの失敗が考え難く、前の日に準備しておけば当日は料理人自身が食卓にいながらサービスできるという、こういう場合にうってつけのメニューなのである。

タラモサラタは、タラコの身をほぐしてマッシュポテトと合わせたもの。オリーブ油とレモン汁を加えて柔らかめのペースト状に仕上げる。塩味はタラコが含んでいるから加えないでもよいだろう。潰して少しさましたマッシュポテトに少しずつタラコを混ぜていき、ちょうどよいと思う塩味になったところでやめれば（その割合で）できあがりだ。

私は最初の滑りをよくするためにマッシュポテトが熱いうちに少量のバターを入れてみたり、途中から生クリームを加えて風味を変えてみたりもする。他

に出す料理とのバランスでそのつど工夫するわけだ。

料理は、どんなふうにしてもよいのである。

試みに手もとにあるギリシャ料理の参考書をひもとくと、同じタラモサラタにしてもたちまちのうちに三つや四つのレシピがコレクションできる。マッシュポテトに生タマゴを混ぜるもの、タマネギのみじん切りをいれるもの、マッシュポテトではなくてパンを水（またはミルク）に浸したものをブレンダーで潰して使うもの……等々。

どんなふうにしても、

「タラマ＝魚卵」

を使ってペースト状にした、

「サラタ（サラダ）＝材料を油と酢で和えたもの」

であればタラモサラタなのだから。

日本のどのギリシャ料理屋へ行ってもたいてい魚卵にはタラコを用いているはずで、そのせいかタラモサラタのタラはタラコのタラだと思っている人もいるようだが、本場の作法ではボラの子を用いるのが正統。ギリシャ中西部のイオニア海に面するメッソロンギの港で揚がるボラの卵巣を塩漬けにして乾したもの（カラスミである）はギリシャ人の好む珍味だが、このときにかたちの崩れたものは缶詰にしておいて、タラモサラタに使うのだ。

パリ五区のムフタール市場などを歩いていると、店先に見事なカラスミが積んであるのに気づくだろう。フランス人はまず食べないが（ヨーロッパでギリシャ人に次いでカラスミを好むのは英国人である）、ムフタール市場のある界隈は古くからのギリシャ人街でもあるのでカラスミが売られているわけである。カラスミの製法に東西の交流があったかどうかについては知らないけれども、南太平洋トンガの住民はボラの腹を割いてフレッシュな卵をそのまま食べるのがごちそうだというから、世界中の誰もがおいしいものは知っているのだ、と考えたほうがいいかもしれない。

さて、次はムサカである。

私はこういうふうにつくる。

まず、ナスを五ミリ厚くらいにスライスしてたっぷりのオリーブ油で炒める。この段階で塩胡椒して味を調え、バットにでも取っておく。

次にジャガイモをスライサーで薄切りにして同様にオリーブ油で炒める。塩胡椒。これも取っておく。

こんどは挽肉。今回は仔羊を使ったがもちろん牛挽でよい。ニンニクとタマネギのみじん切りをオリーブ油で炒めたところへ挽肉を加え、火が通ったらトマトの潰したの（またはトマトピューレ）を適宜投入して煮る。塩胡椒。肉の味が頼りない場合はスープ（の素）を足したり、トマトに酸味がないときは白ワインを注いだりする。少し煮つめて、要するに濃いめのミートソースのようなものをつくるのである。

ここまでの段階は、前日までに済ませておくことができる。

右のレシピのうち、ジャガイモは省くことができる。ナスとミートソースだけでもOK。またナスは（油を控えたいと思ったら）タテ切りにして両面に薄く油を塗ってからグリルで焼くかテフロン鍋で焦げめをつけるかしてもよいし、油もオリーブ油がしつこいと思ったら食べ慣れているサラダ油を使えばよい。料理は自由なのだ。

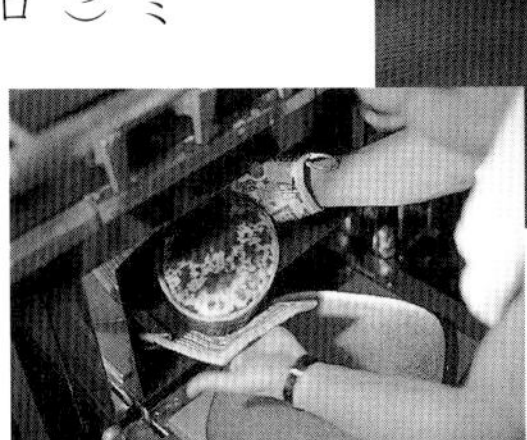

私は、客の顔触れにもよるが原則として（私らしいやりかたを示すために）ハーブを加えてややきつめの香りをそれぞれにつけることにしている。たとえばナスにはコリア

ンダー、ジャガイモにはナツメグ、肉にはタイム、といったように。もちろんミックス・ハーブを全体に加えてもよいのだが、ひょっとして、それぞれの素材を嚙んだときに別々の香りがふと鼻に抜けるとすればそのほうが食感として面白いのではないかと思うからである。

さて、来客のある当日となる。

タラモサラタをつくり、盛りつけて冷やしておこう。他にシャンピニョン・ア・ラ・グレックもつくろうか。ギリシャ風マッシュルームのオリーブ油漬け。ニンニクといっしょにたっぷりのオリーブ油でマッシュルームをゴロゴロに切ったものを炒め、塩胡椒して、そのまま冷まし（これも前日につくり置きができる）、レモンを添えて供する。

ムサカは、来客の時間に合わせて仕上げる。

耐熱容器に、ナス、ジャガイモ、ミートソースを順に三層に重ねる。容器が深ければもう三層で計六層。上縁にあと数ミリのところまで詰めてから、ホワイトソースづくりにとりかかる。

ここでいうホワイトソースとは、小麦粉をバターで色づかないように炒めてからミルクを加えてダマ（塊り）ができないようよく混ぜながら溶きのばしたもの。火を止める少し前にパルメザンかグリュイエールなどのチーズと、生クリームも加えるのが私のやりかただ。このソースをさっきの容器の中身の上にまんべんなくかける。数ミリ厚でも、ソースは隙間を伝って下に落ちていくからかなりの量が必要。ここまでできていれば、あとは食前酒をサービスしたり前菜をつまんだりしながら、それをオーブンに入れるタイミングをはかるだけである。

直前にすべてを用意した場合は、全体がまだ温かいから、白いソースの上面にきれいな焦げめがつきさえすればよい。強めの火で二、三十分も焼けばいいだろう。前日につくってもう冷えていたら、中火で小一時間かけようか。このあたりも、臨機応変に考えたい。本式のオーブンがなくても、電子レンジで全体を温めてから上火グリルで焦げめだけつける、というやりかたが可能だろう。

どんな方法でも、結果としてみんながよろこぶおいしいものができさえすれば、それで料理人の勝ち、なのである。料理が上手な人というのは、いつも決まったレシピ通りにきっちりつくれる人、ではなくて、その場の状況、季節、環境、客の好み、道具、スペースなどに応じた最適のチョイスができる自由な想像力を持った人、を言うのだと私は思っている。

多めにつくって、残ったら、翌日か翌々日、冷えた残りを全部いっしょにかきまわしてたいらにし、ホワイトソースだけ新しいのをかけて焼けばよい。

# インド風カレー数種

*Poulet et légumes préparés au "curry" à l'indienne*

カレーはつくりたてがおいしい。

新鮮な素材に手際よく火を通し、挽きたてのスパイスが油の中でたがいにしっくりと馴染んで香りと刺激のハーモニーを奏ではじめたら、もう、食べ頃である。臼で潰したスパイスの芳香がまだ部屋の中に残っているうちに食べられれば最高だ。

よく、

「カレーはつくり置きがおいしい」

という人がいる。

きょうつくったのを、一日置いて明日食べる。そうしたほうが、味がこなれてよいのだと。

たしかに、一理はある。日本に伝わった西欧（イギリス）経由のカレーでは、ルゥ（小麦粉をバター等で炒めてスープやミルクでのばしたもの）を使って煮たりする。その場合、とくに牛肉などの塊りや切片を具とする場合は、材料に味が滲み込むまで時間がかかる。スパイスの香りが飛んでしまってもかまわないのなら、つくり置くのも一法だろう。

が、インドでは牛肉を料理しない。

豚も食べない。

カレーの材料といえば、各種の野菜と、せいぜい鶏、魚。

そうした材料を用い、スパイスの香りを命と考えるならば、つくり置くなどもってのほかだ。放置しておけば野菜からは力が喪われ、あらゆる素材が不必要な水分を吸収して締まりがなくなり、せっかくのスパイスが切れ味を鈍くしてしまう。おおかたのインド人は、さあ、そろそろ食事の準備をしよう、というときからスパイスを挽く。そしてつくったらその日のうちに食べるのである。

まあ、だからといってインド人の真似をしなければならない義理もなく、あの日本的なドロリとしたカレーもときとして無性に食べたくなることがあるけれども、ふつう、私の場合、

「ひさしぶりにカレーをつくるか」

というときにはかならずインド風というのがならわしになっている。そして、鶏（またはエビのこともあるが）のほかに野菜のカレーを二、三種類つくるのが通例である。

鶏は骨つきをぶつ切りして油で素揚げする。

小麦粉をまぶしてから揚げればあとで煮たときに多少のトロみが出るが、小麦粉のかわりにクミンやカーダモンやコリアンダーの粉末をまぶすほうが切れ味のよい香りがつ

く。油は大豆油にピーナッツ油をまぜて使った。

鶏肉に七分通り火が通ったら取り出し、余分な油を切り、その鍋でタマネギとニンニクとショウガのみじん切りを炒める。しんなりしてきたらブラウン・マスタード・シードとクミン・シードを加え、それらがパチパチと跳ねてきたらさっきの鶏肉を鍋に戻し、さらにコリアンダーやアジョワンの実（種子）、フェヌグリーク、カーダモンの皮殻を除いた中の種子、など、好みのスパイスを好みの量だけ加えてていねいに炒めていく。クローブの香りもよいがこれは直接嚙んでしまうと刺激が強過ぎるので、はじめにタマネギなどを炒めるときに二、三本放り込んでおき、他のスパイスを加える前に取り出してしまうとよいだろう。

さて、カレーの黄色い色を出すのはターメリック、辛い味を出すのはトウガラシである。色と辛さは、この二つのスパイスの配合で決まる。これら以外の多種のスパイスをブレンドしたいわゆるガラム・マサラと呼ばれる粉末は、ふつうやや褐色がかった灰色をしているものだ。

私は先に挙げたスパイスを、目分量で振り入れるのだが、つい刺激を求めるあまり入れ過ぎて、苦味が立ってしまうことがある。だからそうしたアンバランスを調整するために、市販のいわゆるカレー粉（インド産のもの）も少し加えてやることにしている。この手の粉にはかならずターメリックが入っているから、黄色い色づけはだいたいこれで間に合う。

あとは、トウガラシ。ビンダルー・ペーストのような練り状のもの、辛ささまざまの一味の粉、量と辛さはお好みしだいだが、私はマイルドな赤トウガラシ粉末を多めに入れて、辛さよりも赤い色をよく出すことを心がけている。他のスパイスが十分使われている場合には、辛みだけを強調する必要はないものだ。

スパイスがあれこれ加わって鶏肉のまわりが少し粉っぽくなってきた段階で、水分を加える。別に取った鶏ガラのスープでもあれば最高だが、顆粒状のスープの素を振り込んだ水でも、なに、何の細工もないただの水だってかまわない。強い味を持ったコンソメ・キューブを使うよりも、ただの水のほうがよいかもしれない。

くつくつと煮えたちはじめる、うまそうな色の汁。そのかぐわしい芳香。ときどき味見をしながら火力を調節していると、はじめバラバラでまとまりのなかった（どちらかというと苦味が強調されがちな）味が、時間の経過とともにまろやかな、しかし複雑な統一体となっていく過程がわかるだろう。

まだ少し足りないものがあるとすれば、酸味だろうか。

酸味を出す素材には、トマト、ヨーグルト、タマリンド、レモン（ライム）などが考えられるが、私は原則としてタマリンドを用いる。南方産のマメ科植物のサヤを発酵させた黒っぽい物質で、優しい酸味が特徴だ。これを汁の中に少し溶かす。あとは最後に塩味をたしかめるくらいだが、鶏肉を炒めるときに塩を振るならそれでほとんど十分だろう。

できあがるのは、香味野菜とスパイスだけで多少のトロみがついた、インド風の爽やかなカレーである。もっとトロみをつけたい場合には、私はチャナ豆の粉をスープに溶いて加えることにしている。

もちろん、他の野菜をこの鶏肉カレーに加えることは可能だ。が、野菜はそれぞれを単独の一品に仕立てるほうが私は好きだ。それぞれに、強調するスパイスを変えることができるからである。

たとえばジャガイモやホウレンソウは下茹でしてから、ナスは下揚げ（油通し）してから、それぞれタマネギやニンニク、ショウガとともに（あるいはそれらのうち一、二種だけを選んで）新しい油で炒め、例によって好みのスパイスを好みの量だけ加えてさらに炒める（場合によってはスープを加えたりもする）のがつくりかただが、そのときに、ナスにはクミンとコリアンダーだけ、ホウレンソウにはフェヌグリークを多めに、ジャガイモはマスタード・シードとターメリックを加えながら潰して最後にベイリーフ（月桂樹の葉）を揚げた油を加えてナツメグで仕上げる、など、それぞれを別々の風味に

つくっておく。そうすれば各皿にはっきりとした特徴が出て面白いし、あまり突出した芳香を嫌う人は、何種類かの野菜料理を自分の皿の上で混合して、自分だけの新しい味を作り出すこともまた可能なのだ。これは数種の限定された料理からオリジナルのブレンドによって無限の味のヴァリエーションを生み出す、インド人の個人主義が考えだした食べ方の傑作である。

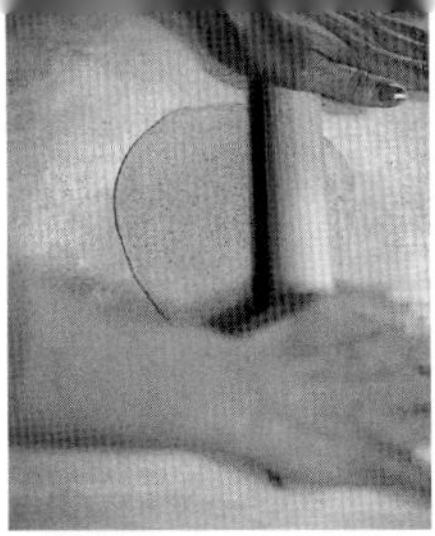

### チャパティをつくる

カレーに添えるパンは、チャパティがいちばん簡単にできる。直径15〜20センチの薄い、全粒小麦粉のパンケーキと思えばよい。イーストは不要で、鉄板またはフライパンがあればよい。

粉にわずかの塩とギー（粉カップ2杯に塩小さじ1、ギー大さじ2）を入れて混ぜ、湯を加えて練り耳たぶのかたさにする。丸めて、冷蔵庫で20分ほど寝かす。

焼く直前に、めん棒で丸く延ばす。延びたら熱した鉄板またはフライパンで、ところどころに茶色い焦げめがつく程度まで焼く。裏返すと、プクッとあちこちがふくれる。焼き上がったら刷毛でギーを塗り、重ねておきながら食べる分だけ次々に焼く。

チャパティは、インドのパンの基本ともいえるもの。素朴でとてもおいしい。

ギーというのは、高純度のバターのことだ。

バターを鍋に入れて中火で熱し、焦げないように沸騰させ、浮いてくるアク（乳成分）をていねいにすくい取る。その後、冷ます。冷えると下方に固形分が沈殿し、上澄みに黄金色の液体が残る。この上澄みが本物のギーである。バター2キロから、ギー1キロがとれる。牛でも飼っていないかぎりこんな贅沢なことはできない、というなら、まあ、ふつうのバターか、植物油で代用してもいいだろう。

# 牛肉のボリート三色ソース

*"Bollito" de bœuf sauce tricolore*

突然の来客に、内心とまどいながらも、少なくとも態度は冷静に、顔面に微笑さえ浮かべて、まあ、どうぞ、よかったら食事でも……とお世辞にでもいうことができるのは、なんといってもボリートのおかげだ。

ボリートというのはイタリア語で《茹でた》という意味。その名の通り、肉をただ単に茹でただけの料理である。

イタリア料理では、数種類の肉や内臓などを茹でて（ボリート・ミスト）、グリーンソース等を添えて供することが多いようだが、私はもっとも簡単に、大ぶりに切った牛肉（肩ロースか、バラなど、脂肪がある程度あったほうがおいしいが、味のある肉ならモモやランプでもよい）をただ水から茹でるだけ。

鍋に肉を入れ、水道の水を上から注ぐ。赤い血が滲むのが気になったら一、二度洗い流したあと、たっぷりの冷水を張って火にかける。塩も胡椒も、なにも入れない。

沸騰するまでは強火。出てきたアクをすくい取ったら弱火にして、あとはひたすら煮（茹で）続ける。部位にもよるが、少なくとも二、三時間は煮たい。夕食の前に煮はじめれば、テレビを見終わる頃にはできあがりだ。もちろん一度にではなく、一時間ずつ二、三回繰り返し火を加えてもよい。わざわざそのためにだけ火の前にいなくてもよい、他の台所しごとのついでを利用するわけ

だ。

こうしていっぺんにたくさんつくっておけば、あとは必要なときにちょっと温めるだけで食卓に出すことができる。何度煮返してもかまわない。合計加熱時間が八時間、九時間となると肉は煮崩れるが、なかば崩れたくらいのほうが感じが出てよいくらいだ。我が家では、連日の来客に備え、ガス台の上に一週間以上もボリートの大鍋が載り続けていることが珍しくない。

もちろん、煮続けていて水分が減ったら、また冷水を足せばよい。

そしてこれまたいうまでもないことだが、こうして水から煮た場合には、肉からとてもよいダシが出る。

私はこのスープを、利用したい分だけ小鍋に取り、用途に応じて香りや味をつける。長ネギとショウガを入れて醬油を垂らせば中華風（八角や山椒を加えようか）、ニンニクとハーブをきかせれば南仏風、というように。最初に特定の香味料を加えないのは、そうした企みがあるからでもある。

茹で肉は、味がついていないから、粗塩と胡椒を振って食べる。あるいは、オリーブ油と醬油を混ぜたものをつける。このとき好みでトウガラシ粉を加えてもおいしい。サラダのドレッシングのような酢油も悪くない。そう、薄くスライスして辛子醬油で食べれば和風にもなる……。

また、少しはシャレた料理のように体裁を整えたい、と思うときには、庭に生えているハーブを取ってきてすり潰し、オリーブ油と、醬油とを、わざとよく混ぜ合わせないで皿の上に置くと三色の彩りのよいソースができあがり、これも一興である。

# サポナリア、ヒソップ……

ハーブは何種類くらい栽培しているのか、ときかれると、いつも返答に窮する。ラヴェンダー、セージ、タイム、サポナリア、ヒソップ……とひとつひとつ数えていったとしても、タイムならタイムで三種類も四種類もあるし、ミントだって品種は片手で数えられるかどうか……こまかく分類していくといくつと答えていいのか見当がつかない。だいたいのところでまあ数十種類、と答えていつもお茶を濁している。

ハーブの栽培は、おもに妻と、女性スタッフたちが担当している。収穫したハーブを乾燥させてハーブティーにしたり、クッションを縫って中に入れたり、といった加工の作業も彼女たちの仕事である。種類によって春、夏、秋と収穫の時期が違うこともあり、みんないつも仕事に追われている。

ラヴェンダーは、すべてタネから芽出しして育てている。

料理によく使うセージは、ドライフラワーにも好適。

ハーブ畑の手入れは女性スタッフの仕事。

カモミールの花はよく乾してハーブティーに。

ハーブの栽培とか加工とかいうと、いかにもオシャレな仕事のように思われるが、実は、なかなか面倒で忍耐強い労働を要求するものだ。

たとえばハーブティー用にカモミールの花を摘む、といっても、夏の暑い炎天下、小さな花の、開いてはいるが咲き過ぎて

# ラヴェンダー、セージ、タイム、

はいないものだけを選びながらひとつひとつ摘んでいくのは時間がかかるだけにかなりきつい。そのうえ、一時間も集めれば花は手かご一杯くらいにはなるが、乾燥させてティーにしたらいったい何人前になるか。労働の生産性からいくと、きわめて能率が悪いのである。

　いまのところ、ハーブグッズはいろいろ作って出荷しているが、料理用のハーブは売り出していない。本当は、いくつかのハーブを料理の用途に応じてミックスしたものを製品にしたいのだが、コストや労働力の面でしばらくは実現が難しそうだ。

　自家用としては、台所に近いところにタイム、オレガノ、ミント、ローズマリーなど食用によく使われる草を植えてある。また、乾燥したものは壜に詰めて常備してある。そのせいか、私の料理には、おそらく一般よりはかなり多量のハーブが使われることになっているのではないかと思う。自慢するわけではないが……といって自慢すると、ヴィラデストのハーブは、日当たりが良く朝夕の温度差が大きいせいか、とても香りがよい。

観賞用のボリジ。花を砂糖漬けにしてお菓子に飾ることも。

タイムは株が増えて、畑のあちこちで雑草化している。

オレガノは花も美しいし、葉はハーブ料理に欠かせない。

数種類あるミントは、雨が少ない年には葉が小さくなる。

昨年の秋、二百個のニンニクの皮を剥いて鱗片をばらし、その一片一片を畑の土に埋めた。しばらくして青い芽が出、葉を伸ばし、そのまま冬を越した。そして六月もなかばを過ぎる頃になると葉の先端が少し枯れはじめ、なかには薹《とう》の立つものがあらわれる。そろそろ収穫の季節である。

フランスでは、ニンニクのことを、
“プロヴァンスのトリュッフ”
または、
“プロヴァンスのバニラ”
などと別称する。トリュッフというのは地中に埋まっているから、バニラというのはその甘やかな香りが似ているからだろうが、いずれにしても、南仏プロヴァンスの陽光のもとでの、大地の香りを高らかに謳い上げる質実でおおらかな料理に欠かせない役者である。

七月のはじめ、土の中から茎根を一挙に引き抜く。埋めた鱗片の数は（一個を五片にばらすとして）約千個だから、ほぼその数に等しい丸ごとのニンニクが手に入ることになる。つまり一個のニンニクを八ヵ月のあいだ土の中に預けておいたら五倍に増えた、という計算である。おかげで我が家の玄関先のテラスにはニンニクのすだれができあがり、無闇には人が近づけない按配になった。

匂いは、しかし次第に弱まった。真夏が来て乾いた日が続くとともに強烈な発臭はやわらぎ、ときたま風が吹くとほのかに甘いような良い香りがあたりに漂うようになって、ニンニクたちは秋を迎える。水分も適当に抜け、味も香りもいちばん良い季節である。

完全に乾いたニンニクは、地下室に貯蔵しておくと、春まで使える。

# *hiver*

11月に入ると霜が降り、畑は冬仕舞い。
カラマツの葉も落ちて、雑木林は枯れ景色だ。
そして年末までにはかならず雪が降り、
白い氷雪に覆われる長い冬が続く。

# ひなどりのロースト、ニンニク風味

*Poulette rôtie à la truffe de Provence*

大男の拳くらいのゲームヘンを焼くことにした。

皮の下にニンニクを並べて、である。

鶏の皮は、薄くて弾力がありよく伸びる。そこでどこかの切れ目から皮と身のあいだに指を突っ込み、指先で探るようにして隙間をひろげていく。そうしてできた空間に、薄くスライスしたニンニク片を挿入する……。

フランス料理では、トリュッフを使って香りをつけるときにそういうやりかたをする。鶏の皮を透かしてトリュッフの黒い斑点が見え、香りとともに贅沢な気分をもりあげるわけである。そのトリュッフのかわりにニンニク。こちらは純白だから、焼いてしまったあとは見ただけではほとんどその存在が明らかでないが、スッとナイフを入れてごらんなさい、たちまちのうちにかぐわしい芳香が食卓の周辺にたちのぼる。

温かい皿に鶏を載せて保温しておくあいだに、アサツキの白い根（これも畑の隅に生えているのを抜いた）をバターで軽く色づくまで炒め、そこへオーブンに入れたバットの底に溜まっている汁を加え、グリーンオリーブの実を加えて全体をなじませる。これがきょうの料理のソースである。腹の中のローズマリーの小枝は取り除き、かわりにフレッシュな細長い生葉をパラパラと散らしてできあがりだ。

オリーブは、缶詰の、種をくり抜いたところへアンチョビを詰めたのを使った。私の大好物のひとつで、ワインを飲《や》りながらつまんでいると小さな缶ひとつ分食べてしまうが、こうして鶏や鴨のお供をさせてもよく似合う。

同じオリーブを用いる鶏料理でも、軽く表面を焼いたあと切り分けてからオリーブとともに白ワインを振りかけて少し煮ると、鶏肉にもいっそうオリーブの味が滲みわたる。こちらはローストというより、オリーブ煮、と呼ぶのがふさわしい一品になる。

Vermicelli aux deux sauces: pesto et salsa

# ピストとサルサのヴェルミチェッリ

*Vermicelli aux deux sauces; pesto et salsa*

天気の良い冬のある日、ピストとバジリコのソースを地下室から取り出し、ヴェルミチェッリと和えてみた。

夏はトマトの収穫が忙しかった。

いつもの年とほぼ同じように七月の後半からトマトは次々と赤く熟し、晴れた日は追いたてられるようにトマトとりをしなければならなかった。きれいなものは生食用に出荷、ヘタのとれたものは加工用に農協へ、そして傷んだものや割れたものは洗って四つに切り、スクイザーにかけてジュースにした。簡単な仕掛けだがアメリカ製のトマト・スクイザーというのがあって、上からトマトを入れるとわきの口から皮とタネだけが分かれて出てきて、もう一方の口から果肉と果汁が絞り出されてくる。それでどんどんどんどん、ジュースをつくる。そして大鍋にそれを注ぎ、火にかけて煮る。後半は焦げつかないようにかきまわしながら、ひたすら煮詰め、最初の六分の一か七分の一くらいになるまで火と手を止めない。夜なべの作業である。

我が家ではこの新鮮完熟トマトピューレを、真空パックに詰めて冷凍しておく。そうすれば来年の夏まで収穫直後の風味が楽しめるというわけだ。

ピストも、毎年つくる。バジリコの生葉と、ニンニクと、クルミと、パルミジャーノ・チーズと塩をオリーブ油とともにブレンダーで混ぜたもの。正しく

はイタリア語でペストpestoというが（ペスト・ジェノヴェーゼ）、《ペスト》だと病気みたいだから我が家ではフランス語のピストゥーpistouに近づけて《ピスト》と呼び慣わしている。クルミのかわりに松の実を使うレシピもあるが、東部町はクルミの名産地。バジリコの盛期にクルミの収穫が間に合わないので、前年産のよく乾燥したものを用いる。ヴィラデスト農園にもクルミの木は植えたがまだ幼木で、実がなるまであと十年はかかるという。だから今回のクルミはご近所からのもらい

もの。バジリコとニンニクだけが自家産だ。

バジリコの葉を洗ってから拭き、クルミの殼を割り実を出し、パルミジャーノを砕く。これも夜ごとの内職仕事。こちらはできたら壜に詰めて常温で保存しておく。

地下室へ行き、奥の棚からピストを一壜、冷凍庫からピューレ一袋、ついでにワイン庫から赤を一本。ひさしぶりにキャンティ・クラシコといくか。いそいそと台所に戻り、まずはワインの栓をあけ、テイスティングを済ませたあと、大鍋にパスタ用の湯を沸かす。

パスタは細い順にカッペリーニ、スパゲッティーニ、スパゲッティ、ヴェルミチェッリ……と揃えてあり、和えるソースとその日の気分で太さを選ぶが、このごろはちょっと太めのヴェルミチェッリに凝っている。茹で時間十一分。そのあいだにソースの仕度ができるのも好都合だ。

トマトのソース(サルサ、とラテンののりで呼ぶことにしよう)は、みじん切りのニンニクとタマネギをオリーブ油で半透明になるまで炒めたところへピューレを加え、塩胡椒と好みのハーブ(私ならタイム、オレガノ、ローズマリー)で調味するだけ。ピストはそのまま鍋に入れて熱すればよい。十分もあれば十分にできる仕事である。

パスタをつくるときは、会食者全員が食卓についてから茹ではじめる。途中で電話がかかってきても、絶対に出ないことにしている。茹でたてのアツアツをすぐに食べなければ意味がないからだ。どんな重要な電話も、パスタより重要なことは有り得ない。

茹でたてを二色のソース（ピストとサルサ）にサッと絡め、一枚の皿に盛ってみた。赤と緑のイタリア・カラー。夏の日の思い出、である。しっかりと濃い味のソースが、太めの麺にちょうど合う。

それにしても、と、私はヴェルミチェッツリを食べるたびに思うのだが、イタリア人はこの直径一・八ミリの乾麺に、よくぞこんな名前をつけたものだと思う。ヴェルミチェッリとはヴェルメ、つまり《虫》、それもミミズのような虫を指す言葉から来たもの。《ミミズ麺》では、日本人なら嫌がるだろう。

でもね、毎日土をいじっていると、ミミズは友達である。彼らは土を耕してくれるかわいい奴。彼ら（か彼女らかはわからないけど）が棲む土は良い土なのだ。

秋の終りには、落葉集めが日課になる。

裏の雑木林から大量の落葉を集めてきて、一ヵ所に積んでおく。

落葉集めも労多くして功少ない仕事で、かさばるからすぐにカゴは一杯になるけれども、土の上にあけて踏みつけると何ほどの量もない。軽いのはよいが、何度も何度も往復しなければならないのだ。そして、背の高さほどに積み上げてひと安心しても、日が経つにつれその量は目減りしてしまう。

しかし、そうして集め、重ねた落葉は、一年もすると圧縮され、スコップで切るとミルフイユのようなブロックになる。かたちを残した枯葉のあいだに、モロモロになった腐葉土がはさまれて。

そういえば、《ミルフイユ》はフランス語で、

「千枚の葉」

という意味だっけ。

お菓子を見て腐葉土を思い、パスタを見て虫を連想する。都会の人にはわからないかもしれないが、それは土とともに暮らす農民たちの率直な発想にほかならない。

Capellini Carbonara style mimosa

## パスタの茹でかた

パスタの味の違いは、ひたすら茹でかたにかかわる。所要時間は袋に表示してあるはずだが、その少し前から、ときどき一、二本つまみあげて加減を見る。どの程度をアルデンテと認定するのかは好みによるけれども、余熱まで計算するくらいの想像力がほしいところだ。

私はパスタがいっぺんに（全部が同じ瞬間に）熱湯に沈むくらいの大きい鍋で茹でるのを好む。パスタが鍋の縁にかかって一部だけ外に出ているのを見るのはイライラする。すぐに押し込むにせよ、二秒の違いが茹で具合に影響しないかと気になる。

熱湯にはあらかじめ塩をたっぷり入れておき、パスタの塩味はこのときの塩だけでつける。

茹で上がったと思ったら火を止め、一挙に湯をこぼしてパスタをザルにとり、それをソースと和えるわけだが、このときに茹で湯を完全に切らないで少し麵にからめておくのがコツのようだ。元の鍋に少し湯を残しておいてザルからパスタをそこへ戻し、すぐにオリーブ油をかける（火は止めたまま）とよいだろう。こうするとパサつかず、ソースともよく馴染む。ソースを元の鍋に入れてパスタと和えるか、パスタを別鍋のソースに入れて和えるかは場合によるが、いずれにしても一刻一秒を争ってやらなければならない仕事である。

やや太めのヴェルミチェッリのほかに、極細のカッペリーニもよく使う。カルボナーラなど、溶けかかったタマゴがからまって、細い麵がとりわけ美味だ。鍋に湯を沸かし、沸騰するまでの間にベーコン（サイの目に切る）を別鍋で熱しておき、タマゴもボウルに溶いてよくかきまぜておく。3分ほどで茹だったら熱湯ごとザルにあけ、カラになった（まだ熱々の）大鍋にベーコンとオリーブ油を入れ、ただちにザルの中の麵を再びその中に戻し、間髪を入れずに溶きタマゴを上からかけて、木ベラで勢いよくかきまわす。火は止めておくが余熱でタマゴはすぐに固まるから、フルスピード、全力でかきまわす。半熟状のトロリとしたタマゴがカッペリーニの全体に絡まっている状態が、私の目指すベストのできあがりだ。

# chili madness

私は、

《チリ・マッドネス chili madness》

である。トウガラシ大好き人間。辛いものには滅法強い。

我がヴィラデスト・キッチンを訪れる客が台所を見て驚くのは、調味料棚にトウガラシの種類が夥しく並んでいることだ。チマヨ、ロマ・ヴィスタ、テピン、ハバネロ、カスカベル、……地名ないし品種名を記したラヴェルを貼ったガラス壜に、乾燥した丸ごとやら粉砕したもの、粉末にしたもの、さらにはそれらを加工したソース、ペーストなど、これだけはちょっと自慢したくなるくらいたくさんある。このほかにも韓国トウガラシの粉末や、タイのプリック・ピッキー・ヌー（《ネズミの糞》と呼ばれる極辛小型種）などももちろん取り揃えてあるが、右に名を列挙したのはすべてアメリカはニューメキシコ州からの直輸入。タオスにアトリエを持つ知り合いの画家から送ってもらったものと、私たちがそこを訪ねたときに買ってきたものである。

たとえば、牛肉を焼いたときなど、チマヨかロマ・ヴィスタの粉末をたっぷり皿にとって、醤油で溶く。これを肉につけて食べるとやめられない。炊きたてのごはんにぴったりである。色は鮮やかでいかにも辛そうだが、食べてみるとさほどでもなく、香りが素晴らしいのが特徴だ。

そんなトウガラシ好きが昂じて、農園でも珍しい品種を栽培することにした。ハラペーニョ、コルノ・デ・トロス、サンタフェ・グランデなど。どれも見事にできて大豊作。たくさん収穫があったので残ったものは当然乾燥させて保存してある。だからいつも在庫は豊富、たとえ天変地異が来ようと安心である。

フレッシュなハラペーニョを刻んで、チーズといっしょにパンの中に仕込んでみた。かわいい姿の丸パンなのに、食べるとピリリと辛くて、これがまたいける。

アリオ・エ・オーリオ（ニンニクとオイル）というのが、もっともシンプルな、いわば“もりそば”のようなパスタだが、これにペペロンチーニ（トウガラシ）を加えたものは実に旨い。ヴィラデストでは、ハラペーニョのフレッシュな緑と赤の実を刻んでこれをつくるが、新鮮なトウガラシの香りが素晴らしい。

# 塩漬け豚肉レンズ豆添え

*Petit salé aux lentilles*

豆も、私の大好物のひとつである。どんな豆でも、モチャモチャした煮豆をスプーンで口に運んでいるときには、きわめて日常的な幸福感を味わうものだ。このごろは豆を食べる人が減っているように思うが、こんなおいしいものをどうして食べないのだろう。

豆は、食べても飽きないし、見ていても飽きない。

だいたい、しっかり乾燥させておけば、腐らずにいつまでも保存できるのがよい。

私たちは、何種類もの豆を、いろいろなガラス壜に入れて、いつでも使える状態で毎日眺めている。

おいしくて栄養もあり腹もちも悪くない豆の利点は片手で数え切れないほどにあるが、欠点といえばただひとつ、乾燥豆はすぐに使えない、ということだ。

ふつう、豆は食べようと思ったら前の日の晩から水に浸しておかなければならない。思い立ってすぐに食べる、というわけにはいかないのだ。思いつきの多い私などはこの点が困るのだが、すぐに豆が食べたいときのために、グリーンピースの水煮缶をいつも用意してある。もちろんリマビーンズやキドニービーンズなどさまざまの豆の缶詰が売られているけれども、そういう豆は乾燥状態のを持っているので缶詰は買わず、グリーンピースを愛用している。

あるいは、乾燥豆でも、レンズ豆なら問題はない。この、小さな、偏平で丸い、たしかにレンズのようなかたちをした豆は、水洗いしてボウルの中に三十分ないし一時間くらい浸しておくだけで、すぐに柔らかくなってくれる。急ぎのときは十分あまり水につけたところでトロ火にかけてしまっても、ほとんど支障はない。

レンズ豆もさまざまの料理に使うことができるが、フランスの食事ですぐに思いつくのは、「プチ・サレ・オ・ランティーユ Petit salé aux lentilles」である。

プチ・サレは、塩漬けの豚肉。

かつてヨーロッパの人々は、厳しく長い冬の寒さに耐えるため、秋の終りに屠った豚の肉や脂を塩蔵して蛋白源とした。プチ・サレもそうした習慣の名

残りで、これにたっぷりのレンズ豆を添えた一皿は、ビストロの庶民料理の定番のひとつになっている。なぜプチ・サレとレンズ豆が結びついたのかは浅学のため知らないが、なんとも馴染みのよいその味は、塩蔵豚肉の各部位と各種の豆類を組み合わせたものを日常の基本食としていた彼らが、長いあいだの試行錯誤の後に到達した《出会いもの》であることをうかがわせる。

豚肉はなるべく脂の多いところを、粗塩にまぶして一晩置く。時間が経つと、肉は赤味を帯び、表面の塩を除いても全体が相当に塩辛くなっている。これを水で（何度も水を取りかえながら）塩出しして使うのが定法だが、それならばむしろ、塩漬けの時間そのものを一、二時間に短縮したほうが手間が省けてよいかもしれない。

塩出しを済ませたプチ・サレを、フライパンでソテーする。ふつうの豚肉よりも、火の通りが早いのが特徴だ。つけあわせのレンズ豆はニンニクを加えて水から煮る。もちろんブイヨンなど加えればそのぶん味はよくなる。

プチ・サレがあまり塩辛くなり過ぎていると感じたら、そのままソテーするのではなく、小さく切ってレンズ豆といっしょに煮込んでしまう、という手もある。ダシと塩分が豚から出て豆に味をつける。もちろん、この方法はレンズ豆ばかりでなくグリーンピースを用いてもよい。いずれにしても、ヨーロッパの昔の暮らしをしのばせる味になるはずだ。

Tranche de cabillaud cuite avec des pois noirs et blancs

# タラの白黒豆煮込み

*Tranche de cabillaud cuite avec des pois noirs et blancs*

たまたま来訪した友人から、ナマの、まったく塩もしていない、とびきり新鮮なタラの切り身をもらった。

山の中で暮らしているということで、海の魚を手土産に持ってきてくれる友人は少なくないが、生ダラ、とはちょっと意表を衝かれた。しかし、たしかにタラこそは鮮度によってまるで別の魚のように味が違うもので、本当に旨いものは滅多に手に入らないのである。

さて、ではこのありがたい生のタラを、どう調理したらよいだろう。

こんなにフレッシュなのを、塩をして焼いたのではつまらない。もっと旨味をたっぷりと味わう方法はないだろうか。

そういうときに、棚の上に並んだ豆の壜が目に入る。

そうだ、タラの切り身を香草とクリームで煮て、出たダシを豆に吸わせて食べてみよう。

アイデアはすぐにまとまった。

すぐに、豆を水に漬ける。夕食までに、まだ九時間はある。なんとか間に合ってくれるだろう。

豆は、白に黒のかわいい斑点のあるやつを使った。

フランスでタネを買ってきてうちの畑に播いたのだが、もとのタネ袋を紛失してしまったので、品種の名は不明。白黒豆、とでもしておこうか。

豆が八分通り戻ってきた頃合いを見はからって、鍋に水を張り、塩をしていないタラと、ニンニクの塊りと、香草（パセリ、タイム、オレガノ、タラゴン）の束とを入れて火をつける。アクをとりながら弱火でしばらく煮て、タラに火が通り過ぎないうちに火を止めてそのままにしておく。

一方で、マッシュルームをスライスする。

タマネギは粗いみじん切り。

そして両方をたっぷりのバタ

ーで焦げないようにゆっくり炒め、塩と白胡椒で調味したあと、フードプロセッサーにかけてブレンドする。生クリームを加えながらよく回転させ、なめらかに仕上げるのがよい。できたらソース鍋に移しておく。

余熱が少し冷めたら鍋からタラを取り出して別皿に置き、ニンニクと香草も取り除けて、残った汁の中へ、そろそろ完全に戻った状態の豆を入れて、弱火で豆にダシの味が滲み込むようにトロトロと煮る。

まあ、どのくらいの時間が必要か、豆の種類にも乾燥状態にもよるけれども、小一時間もかければ十分だろう。途中、豆がふっくらとしてきた頃にフードプロセッサーの中のクリーム状の半流動体を加えてよく混ぜ、さらにクリームが足りないと思ったらクリームを、クリームばかりでは濃厚すぎると感じた場合にはミルクを、さらには好みでバターなどを加えて味をととのえる。

そして、最後の段階で、取って置きの、タラを鍋の中に入れてやる。タラがあたたまれば、できあがりだ。

これを古くて生臭いタラでやったら結果は悲惨なものになること間違いないが、新鮮な魚の良い香りが豆に移って、今回は満足すべき一品ができあがった。もちろん、切り身ではなくタラの丸ごとが手に入った場合には、白子を潰してクリームソースに加えれば最高だ。

# 古ジャガと新ジャガ

春に植えたジャガイモは初夏には地下に小さなイモを増やしはじめる。最初のうちは、わきの土を掘って指先で小イモのありかを探し当て、イモを取ったらまた土を戻しておく。一挙に全体を引き抜いての収穫は、もっと大きなイモがたくさんつく真夏になってからのことである。

新ジャガは、水っぽいのが特徴だ。初物はうれしいから小さなイモがとれるとすぐに炒めたり揚げたり茹でたりして食べるが、若い味が生きるのはポテトサラダ。同じイモとタマゴの料理でも、新ジャガの場合は茹で上がった熱々のところへ、半熟タマゴをザックリと割って混ぜ合わせる温かいサラダが私たちのお気に入りだ。塩、黒胡椒、オリーブ油で味をつけ、好みの量だけヴィネガーを加える。

古ジャガは、若気が抜けて、成熟している。それも年を越して次の春を迎える頃になると、最後の力をふりしぼって貯えた甘さが独特の風味を出すようになっている。農家の人に聞くと、古ジャガのほうが好きだとか、芽の出たやつを煮るのがいちばんうま

い、といった答えが返ってくるのもうなずける。こうした古ジャガの味をひきたてるのは煮ものかローストだと思う。

ローストにする場合は、食べやすい適当な大きさに切ったイモを、天板に並べ、高温（二八〇度くらい）のオーブンに入れてやる。ときどきひっくり返しながら、三、四十分。表面が乾きすぎているようならオリーブ油をかけるとよい。イモの表面にほどよい焦げめがまんべんなくつくようになればできあがりだ。量が多いときには小一時間かかることもある。

焼き上がったら、上にバターの塊りを置いて溶かし、塩と荒挽き胡椒で食べると滅法うまい。

また、小ぶりのイモなら丸ごと、横にナイフで切り目を入れて、そこにベイリーフをはさんでローストするのもよい。とてもよい香りがつくし、オシャレである。

大きなイモの場合は、スライサーで薄くスライスしたのをそのまま樹脂加工のフライパンで（オリーブ油少々とバター）広げて押しつけるように焼くことも多い。もちろん、細切りにして、いわゆるハッシュド・ブラウンポテトにしてもよいが、いずれにしても（ローストを含めて）これらの料理は、イモを水にさらさず、茹でず、ナマから使うのがポイントである。

# 鴨のコンフィとパテ

***Confit de canard aux marrons, pâté de son foie maigre et gras***

玄関のドアをあけると、二羽の美しいキジがいた。
私がハッとして足を止めると、むこうも驚いたか、大きな羽音を残して、青と緑と銀に光る翼をふるわせながら、森のほうへと飛び立っていった。

このあたりでは、犬の散歩をさせているときにも、よくキジの家族に出会うことがある。突然犬たちが強く引き綱を引いて吠えるからなにごとかと思うと、次の瞬間、足もとの草叢から一群の鳥たちがいっせいに飛び出していく。まだ子供たちは高く飛ぶことができずに、地面すれすれにあわてて逃げまどうさまが、悪いけれどもとてもかわいい。

一度、春に、ハンターのような人たちがうちの畑のすぐわきで仔鳥を何羽か放しているのを見たことがある。春に放鳥し、冬になって大きく太ったところを獲ろうというのだろう。我が家の周囲は猟区なのだが、しかし鉄砲を持って猟犬をつれたハンターが庭のすぐはずれを通っていくのを見るのは、ちょっと物騒な気分である。

幸か不幸か、私には狩猟をやる趣味がない。

以前、軽井沢に住んでいた頃、友人の家のガラス窓にぶち当たって首の骨を折って臨終したキジを、手厚く料理して成仏させてやったことがあった（それにしてもあのキジは淡白にして芳醇、野生にして高貴、いま思い出しても喉が

鳴るほどの美味だった）が、そんな機会は期待しても滅多にあるまい。

だから、冬のジビエに関しては格別に求めることをせず、かわりにフランス産の鴨（キャナール・ド・バルバリー）を食べることにしている。

冷凍で輸入される胸肉は季節を問わず常備して、ときに応じてローストにしたりして食べているが、やはりクリスマスだの正月だのという祝いの食卓の場合には、丸ごと一羽を手に入れることが望ましい。

丸ごとの鴨は強火のオーブンで表面がカリッと仕上がる程度に焼いてから切り分け、中がほとんどナマのところはスライスしてフライパンでコニャックなど振りかけながらフランベするとうまいが、きょうはひさしぶりに、コンフィでもつくってみようか。

鴨のコンフィ……いかにも《田舎くさい》料理

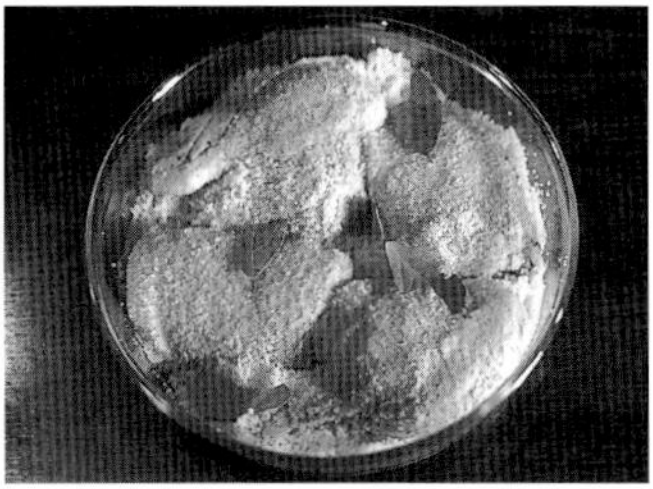

*pâté de son foie maigre et gras*

だが、私の大好物なのである。

鴨は、手羽の部分と脚の部分、合計四つの塊りを用いる。それらにまずたっぷりの塩をまぶして、一晩置く。

翌日、大量のラードに、水を少し混ぜたものを鍋で熱しながら溶かす。溶けてきたところへ、余分な塩を指でていねいに取り払った鴨の手羽肉とモモ肉（もちろんどちらも骨付きである）をそろりと入れる。同時に、皮を剝いたニンニクを何粒かと、月桂樹の葉も加えておこう。こうして、弱火で、二十分ばかり煮る。

火を止めて、放置しておくと、しだいにラードは白く固まる。その少し前に、蓋のできるガラス壜か陶製のツボかなにかに全体を移しておけば、そのまま保存食の状態になるわけだ。真白な大量の豚脂の中に埋まった鴨の骨付き肉の塩脂煮。これが、《コンフィ》と呼ばれるものだ。コンフィ

*Confit de canard aux marrons,*

confitとは、閉じ込めた、漬け込んだ、という意。果物を砂糖で煮てそのまま冷やして保存するジャムのことをコンフィチュールconfitureというのも同じ意味である。

昔、日本でも南国の沖縄では魚の刺身をツボに詰めた豚脂の中に入れて保存したというが、白い脂肪によって密閉されたコンフィは抜群の保存性を発揮する。脂の表面の空気に触れる部分にはカビが生えても、それをこそげとれば中には何の影響もない。寒い冬のあいだになんとかエネルギー源としての蛋白質をうまく保存して食べ続けようとする、ヨーロッパの田舎の人々の知恵である。

食べるときは、まず取り出した鴨の表面にまとわりついている豚脂をよく落とす。そして、直火で焙り焼きにするのがよい。まだついている残りの脂がすべて溶け落ち、鴨自身の皮からも余分な脂肪が落ちてパリッと乾き美しい焼け色がつけばできあがりだ。

つけあわせには、シンプルな茹で栗を置いてみた。フランスではクリスマス・ディナーの七面鳥に栗のピューレを添えるのがならわしなので、それをちょっとひねって利用したわけだ。

コンフィは、当然のことながらかなり塩辛い。塩辛さを和らげるためには一晩も寝かせずに塩にまぶしておく時間を一、二時間に短

油煮した塩鴨をそのまま冷ますと、白い豚脂の中に密閉されて抜群の保存性を示す。これがコンフィ（漬けもの）である。

上はレバーのパテ。レバー（フランス語でフォワ）は同じレバーでも過剰な栄養を与えて太らせた鴨や鵞鳥の脂肪肝をフォワグラ（グラは太った、脂肪が多い、という意味）というわけだが、右はフォワグラを同じやりかたでパテに仕立てたもの。メルバトースト（薄い食パン）を添えて。

縮する手もあるが、それではコンフィの持つ野卑な魅力が薄れるような気がする。きつい労働が身についた人間には、きつい塩味が細胞をよみがえらせてくれるような旨味と感じられるものである。その、かつて健全であった私たちの暮らしの匂いを少しでも嗅ぐために、敢えて塩味は控えずに、味のバランスは同時に食べるほかのもので摂ろうという考えだ。栗のほかに、塩をせずにローストしたジャガイモなどを、サイドディッシュとしてたくさん用意しておくとよいだろう。

さて、メインがコンフィならば、前菜はパテということになるだろう。パテもまた、すぐれた保存食のひとつである。

鴨を食べたときにその内臓でパテをつくる、というのが正しいのだろうが、一羽のレバーだけでは量が足りないので、今回は簡単に手に入る鶏のレバーの応援を求めた。鶏のレバーと、豚の背脂を、包丁でたたくかフードプロセッサーを使うかして、とにかくペースト状にする。分量は半々くらい。これもかなり脂肪が入る。塩胡椒をし、コニャックやポルトなど好みのアルコールで香りをつける。もちろん香草などを加えてもよい。このあたりの調味は自由、分量も大雑把でかまわない。よく混ぜたものを陶製のテリーヌ型にきっちりと詰め（全体の量はテリーヌ型の容量にしたがって決まる）、湯煎の状態でオーブンに入れて焼くわけだが、パンやケーキと違って分量のバランスが多少狂っていてもだいたいはうまく焼き上がる。内容量一キロに対して一八〇度のオーブンで一時間、というのが目安か。

焼き上がりの熱いうちは、テリーヌ型の縁から溶けた脂が流れ落ちており、パテ自体も熱気を孕んで膨れ上がっている。なんだかグズグズした柔らかい状態にも見えるので少し心配になるが、粗熱がとれたら軽い重し（表現が矛盾しているようだが要するにパテを潰さない程度に押さえ込むことのできる重量の、テリーヌ型の内径に合った大きさの落し蓋なりなんなり）を工夫してのせ、しばらく置いておく。そして全体が冷めて落ち着いたら、こんどは冷蔵庫に入れてさらに冷やす。そうして一晩もすると、表面と周囲にうっすらと白い脂肪の衣をまとった、いかにもパテらしいパテになっているから不思議である。

テリーヌ型ごと食卓の上に出し、パテの一切れを皿にのせて食事をはじめよう。パンをどっさりとカゴに盛って。

パンにパテを山のように塗り、ワインを飲みながら食べる。じわっと、五臓六腑に滲みわたる旨味がある。こうしてからだの隅々にまで滋養を届けて、厳しい労働で疲れた肉体を癒し、寒い冬を乗り切る力をつけるのだ。パテ、そしてコンフィ。これらはまさしく、フランス料理の《原点》といってもよい、質実で素朴な料理である。

*Berthoud, ou fromage gratiné*

## ベルトゥー

居間の暖炉に火をおこして、パチパチと薪のはぜる音を聞きながら一杯やる。

農閑期といってもほかにさまざまの仕事をかかえているので、そうそういつもゆっくりしていられるわけではないのだが、それでも夜の長い冬になれば、ときにはそんな愉しみも味わえる。

夏と冬で、朝起きる時間は二時間ないし三時間違うだろうか。寝る時間もそれに準じて、真冬には午前零時を過ぎることが珍しくない。もっとも、かつて東京で暮らしていたときとくらべると、それでもずいぶんな早寝というほかはないのだが。

夜。ワインなど飲んでいれば、当然、小腹が減ってくる。オリーブだのサラミだの、常備してあるツマミを用意はするが、なにかもう少し、からだと心が暖まるようなものがほしい……。

そういうときに、私はよくチーズのグラタンをつくる。

グラタンというのはそもそもチーズやクリームが焼け焦げた状態をいうわけだが、私が簡単につくろうとするのは下にマカロニもジャガイモも置くわけでなく、ただチーズだけを上火で焼くグラタンである。

まず、オーブンに入れられる耐熱皿を用意し、皿の表面にニンニクの切断面をこすりつける。匂いの強いのが好きな人は、みじん切りにして散らしてもよい。

その上に、薄切りにしたチーズをたっぷりのせる。グリュイエールかエメンタールか、要するに溶けやすいハードタイプのチーズならなんでもよい。わずかに塩を振り、荒挽き黒胡椒をこれは多めに散らし（好みでナツメグも少々）、最後に白ワインと、マデラ酒ないしポルト酒をシャッと振りかけてからオーブンに入れる。強火で十分くらい焼けば、表面にほどよい焦げ色がついてフツフツとチーズが踊りはじめているはずだ。

パンで、溶けたチーズをからめとりながら食べると実に旨い。

これは、私の独創ではなく、スイスとの国境に近いフランスのシャブレ地方に伝わる、「ベルトゥー」という名の一種のチーズフォンデュである。

雪ダルマをつくろうと思ったら、
午後になって太陽がのぼり、
少し雪を溶かしてくれるのを待たなければならない。

冬、ヴィラデストはすっぽりと雪に覆われる。

もともとこの地域じたいは雪の少ないところで、長靴でしか歩けないような積雪は一冬にせいぜい三、四回あるかどうかといった具合なのだが、しかし気温が低いのでいったん降った雪はなかなか消えない。とくに北側の日陰などは、春が来るまで再び黒い土を見ることはないのである。

真冬日の続く一、二月に降る雪は、指の間からサラサラと落ちるようなパウダースノーである。雪ダルマをつくろうと思ったら、午後になって太陽がのぼり、少し雪を溶かしてくれるのを待たなければならない。

そんな雪の庭の一角に、ネギ囲いをつくってある。木で組んだ枠にワラをかぶせて、南面だけを開け、中の土に畑からとってきた長ネギを移植する。

こうしておくと、保温された囲いの中の土は固く氷結することを免れ、ネギの根は土中に伸びて生きながらえることができるのである。

　冬のあいだ、ネギが必要になったときにはそこから調達する。地上に出ている葉は枯れているが、土の中の白い茎はみずみずしい。そのまま根づいて、春になると新芽が出て薹が立つくらいで、本当に植物の生命力には感心させられてしまう。


　台所のすぐ前から下のブドウ畑のほうへと続く雑木林の中に、すっぽりと隠れるように、炭焼き小屋が建っている。

　小屋といっても、要するに土で築いたカマの上に簡単な屋根を架しただけのものではあるが、このひとつのカマ――高さは一メートル二十くらい、タテヨコの幅は三メートルもあろうか――で、冬のあいだ料理用に使った

り、夏に盛大にバーベキューを繰り返してもそう簡単には使い切れないくらいの量の炭が焼ける。

カマは、畑を手伝ってくれているS老人がつくった。

畑をはじめて二年めの春、ひょんなことから知り合ってヴィラデストに通って働いてもらうことになったお年寄りだが、もう八十に手が届く年齢だというのに矍鑠《かくしゃく》としてパワフル、いっしょにクワを振るっているとこっちのほうが先にダウンしてしまうほどで、いったいどうしてそんなに体力があるのかと訊いたら、若い頃から山に入って木を伐っていたという。

ひとりで斧とノコギリを持って山に入り、斜面を利用して土と石でカマをつくる。そして周囲の木を伐ってそのカマで炭を焼き、ひとつの山をそうして整理したらまた次の山へ移る……森の中で働き、森とともに生きることで強靭な精神と体力を養ってきた老人なのである。

「炭……また、焼いてみませんか」

昔話を聞いた私がS老人にそういうと、一瞬、驚いたような顔をしてから、満面に笑みが浮かんだ。

「四十年ぶりだが……やってみるか」

秋の終りのことだった。

畑しごとのあらかたを終えたあと、老人はヴィラデストの周辺の山に入った。我が家の敷地と、隣接する知り合いの地主の林で、必要な木材は調達できるようだった。

カマは、斜面を人力で掘って、要所を石で固め、泥を塗って四周の壁をつくる。火を入れるカマドの口と、煙を抜く煙突の穴だけはあらかじめ開けておく。そして四周ができたらその空間の中に、ほぼ同じ長さに伐った木の幹をタテに並べて詰めていくのである。

空間を木でみっちりと詰めたら、こんどはそこへ蓋をかぶせるようにまた泥を塗り重ねる。これで、材木を抱いた泥のカマができあがったわけだ。

いちおう泥壁が乾くのを待ってから、火を入れた。

こうすると、内部の木が焼けて炭になると同時に、泥の壁と天井（屋根）にもまた火が通って、素焼きのようなカマ自身が完成する。

私は、目を見張って、老人の無駄のない動きを見ていた。

まったく、見事な技術である。

カマを覆う小屋も、周辺から伐ってきた木でつくった。買ったものといえばトタン板くらいのものである。それもスギがこの近辺には生えていないからで、スギさえあれば枝と皮で屋根は簡単に葺けるのだそうだ。

こうして、私たちは、逞しい生活者の知恵を目のあたりに教えられると同時に、ナラやクヌギやサクラの間伐材からできあがった、上質の炭を手に入れることができたのである。

# カキの宴 フレッシュ&カレー

***Festin des huîtres; fraiches et au curry***

さて今年もまた、カキの季節がやってきた。

クリスマスの頃、新年の頃、我が家では的矢から殻つきの鮮ガキを取り寄せるのがならわしだ。

古代ローマでは巨大なアンフォラ（素焼き壺）の中に海水を満たしカキを活かしたまま運ぶのに苦心したというし、中世にはいったん湯がいてから酢と香料に漬けて長く保存しようという試みがあったらしいが、そこはそれ文明の恩恵というべき宅配便、朝いちばんで志摩の養殖場に電話をすれば、翌日の午後には山の上に元気のいい活ガキが到着している。ありがたいことである。

カキは、食卓をととのえてから剝く。

大きな銀盆を用意し、海草を敷き、上から氷の細片をのせる。もちろんシャンパンはクーラーに冷やしておかなくてはいけないし、壺に入れたバターと、黒パン、エシャロットを刻み込んで胡椒をきかせたヴィネガーも用意しておこう。テーブルのセットができあがったら、私は台所を出ていく。

部屋の中は暖かいから、カキは外に置いてあるのだ。クリスマスの頃の夕刻なら外気は零度前後。年を越して寒さのピークになればマイナス五度、六度ということになるが、発泡スチロールの箱のまましばらく置いておくのなら問題はない。

だいたい、冬のあいだは、外よりも冷蔵庫の中のほうが暖かい。だから食べものは必要に応じてアウトドア（冷凍）、ハーフドア（つまり出入口のドアのすぐ内側＝チルドないしパーシャル）、インドア（暖房の入っていない部屋＝冷蔵）と、まるごと一軒が冷蔵庫のような家の、各所に正しく配置するのである。

よく冷えている。

手袋をはめて、カキの殻をさわるだけでつめたい。

気つけのウイスキーなど舐めながら、台所の片隅で殻を剝く。が、はじめのうちはなかなかうまくいかない。殻のたいらなほうを上に、膨らんだほうが手の窪みにはまるよう下にして、上下の貝の隙間にナイフをねじこんで……と思っても、幾重にもひらひらと層をなして重なった貝殻の縁はどこが境目だか見分けがつかず、強引にやると見当違いで殻をこわしてしまう。剝き身にするのならそれでもよいけれど、殻の下半分を皿にしてそのまま出そうというのだから、皿を壊しては話にならない。慣れてくればさほど当たり外れがなくなり、いったんナイフの先が入りこみさえすればあとは上蓋に沿って刃を前後に動かして貝柱を切り離すだけで、上蓋は自然に持ち上がるのだが……。

パリのブラッスリーで働くカキ剝き職人（エカイエ）のトップクラスが、一個のカキを剝くのに要する時間は約三秒。五分で百個をきれいに開けるといわれるが、こちらは四人分四十八個のカキを相手に、まあ、二十分はたっぷり見ておかねばなるまい。それでも数をこなすにしたがって腕は上がり、ついには一個十秒足らずでできるようになって、やった、と叫ぶ頃にはカキがなくなっている。いつも、全部剝き終わる頃にようやくうまくなり、その次のカキの宴のときにはまたヘタに戻っているのが不思議である。

冬の宴にはカキがないと淋しい、と考えるのはフランス的だが、学生の頃パリで貧乏暮らしをし、ノエル（クリスマス）やサンシルヴェストル（大晦日）にシャンパンとカキの盆を前に大騒ぎをしているレストランの客を横目に睨みつつサンドイッ

チをかじりながら歩いていたトラウマがそうさせるのか、殻を剝いたカキをひとつひとつ銀盆の氷の上に並べていき、最後にレモンを二つに切っていくつか置いてディスプレイを完成し、やおら食卓の中央に運んでみずからも席に着くときには、いかにも豊かな暮らしをしているという気分が押し寄せてくる。

カキの殻の中を満たしている海の水は、なるべくこぼさないように盆の上まで運んできてある。その塩辛さをレモンまたはヴィネガーで中和してから、フォークで静かに身を搔きとり、殻を口のところにまで持ってきてツルリと舌の上に移すのが、特別の作法ということもない、あたりまえのカキの食べかただ。カキ、シャンパン、カキ、シャンパン、バターつき黒パン、カキ、シャンパン……。

贅沢は素敵だ。

ただし、私はレストランの客でもなければ、貴族でもない。

だから前菜があらかた終りに近づく頃になると、また立ち上がって食堂から台所へ戻るのである。

いつも客にご馳走をするときはそうだ。一皿出して、いっしょに食べ、途中で立って二皿めを用意し、それを出していっしょに食べ……を繰り返す。当然、直前の用意に時間がかからないようにあらかじめ手順を検討し、できるところまでは調理を済ませておく。メニューじたいも計画的に考える。そのうえ、私は食べるのが早い。声も大きい。

同時に食べはじめても私は同席の誰よりも食べ終わるのが早いから、まだみんなが口を動かしているときにごく自然にひとりだけ食卓を離れることができる。声が大きいのは何の関係があるのかというと、次の料理の準備が手間取ったときでも台所から大声を出せば食堂のみんなと会話ができ、その場にいなくても存在感を与え続けることが可能なのである。

だからフルコースによる饗応は他人が思うほど大変でも不自然でもないのだ

が、カキはいけない。

他人よりひとりだけ早く食べると、自分の皿の上にだけ殻が溜まって欲張りのように見える。

かといってみんなにペースを合わせると、席を離れているうちに自分の分がなくなってしまう。

だからきょうはメインディッシュをカレーにする作戦に出たのである。

カレーなら、客が来る前につくっておいて、出すときに温め直せばそれでよい。台所の滞在時間が短くて済むではないか。

それも、簡単にカキのカレー。殻つきとは別に安い剝き身を用意しておき、さっき殻つきを剝くときに失敗して殻が使えなくなった中身も加えてしまえば無駄がない。しかも、つくるのは簡単だが、このカキのカレーというのは抜群に旨いのだ。宴は形式よりも実質、フランス式でスタートしたところへ一転してインド風のカレーが出てくるという意外性もさることながら、なにはともあれ旨いものさえ出せば客は満足するはずだ。そもそも、旨いものならなんでもむしゃぶりつくような連中しか、我が家には招待しないのだから。

**その日を境に再び太陽が“復活”し、**
**“再生”する新しい1年のスタートでもあるのである。**

クリスマスは、本来は北ヨーロッパ各地に伝わる冬至のお祭りであるという。日、一日と昼が短く、太陽が出ている時間が短くなっていく十二月。緯度の高い地方では、もうこのまま永遠に太陽が姿を見せなくなってしまうのでは、と、人々は不安な思いを抱いたに違いない。で、冬至を迎える。その日は一年でもっとも昼間が短い日であると同時に、その日を境に再び太陽が《復活》し、《再生》する新しい一年のスタートでもあるのである。

自然の恵みのおかげで、また次の一年も生きのびることができる。その感謝の心が、樹木への信仰や、子供の生誕（人類の再生）などさまざまな思いと結びつき、宗教的儀式へとまとめられていったものがクリスマスなのである。

もとより私たちは熱心なクリスチャンであるというわけではないが、寒い冬を自然の中で暮らしていると、おのずから素朴な心で冬至を祝いたいという、そんな気持ちが芽生えてくるのはたしかである。

ちょうどクリスマスの時期に、鹿の肉をもらった。美しい赤い肉である。脂肪は、ない。今年のパーティーのメニューはこれで決まりだ。こういう肉は、なるべく火を通さないのがよい。厚みを持った塊りのまま、表面だけを強火で焼いて、カリッと焦げめはつくが、中は多少ぬくもってはいるもののまだレアのまま、という状態で食べたい。小さな塊りを２つに切って開けば、見事に血の色を残した中身があらわれるだろう。それに、赤ワインをベースにした赤いソースに赤い木の実を添えて。クリスマスらしい色合いになる。

La langue et la queue de bœuf en ragoût à l'anglaise

# 牛の舌と尾の煮込み

*La langue et la queue de bœuf en ragoût à l'anglaise*

冬は、たっぷりと肉を食べてからだを中からあたためる。

それは昔からの山国の伝統でもあるわけだが、肉、それも単なる焼きものだけでなく、こっくりと煮込んだシチューのようなものが食べたくなるのも寒さゆえだろう。だいいち、台所のガス台の上につねに大鍋が鎮座していて、中のスープからよい香りのする湯気がたちのぼっている……というのは、冬の家庭の、身も心もあたたまる風景のひとつである。

では、たとえば牛のシチューをつくってみよう。

肉は、どの部位を使おうか。

テール（尾）もおいしいけれども、タン（舌）も食べたい。

一瞬どうしようかと迷ったが、迷うことはない、タンとテールと、両方いっしょに煮てしまえばよいではないか。牛舌と牛尾。途中は省略になるが、牛を一頭分食べたような豪快な気分になりそうだ。

シチューのつくりかたには、人数分だけのレシピがある。私自身、いつもこうやる、という定法は決まっていない。肉の部位や状態により、またそのときの自分の体調や腹具合により、軽めに煮込んだりグズグズに煮崩したり、こってりと味つけしたりあっさりと仕上げたり、とやりかたを変える。

今回は、夏に収穫したタマネギが冬を迎えてもまだ大量にストックされてい

るので、それを使って甘みと色を出し、バターと粉はごく控えめにして、色調風合は濃厚だが食べ口はさっぱり、といった感じを狙おうかと思う。

まず、タマネギを適当にスライスする。それほど薄く切る必要はない。それを天板に隙間なく敷きつめ、二五〇度くらいに熱したオーブンで焼く。途中、ときどきようすを見てタマネギの天地をひっくり返し、もしもあまり焦げつき過ぎるようならオリーブ油を少し垂らす。全体に茶色い焦げめがまんべんなくつくまで焼く。

そのあいだに、水洗いしたオックス・テールを水から煮はじめる。ふつうは煮る前に表面だけ焼きめをつける（リソレする）わけだが、今回は省略。どうせハ

ラリと身崩れする寸前まで煮込むのだから、最初のリソラージュ（表面を焼き固めて中の旨味をとじこめる、というやりかた）もさほど効果があるまい。むしろ、脂っこいテールの場合、水から茹でて沸点に達したらその湯を捨て、もう一度よく肉塊を水洗いしてから再び冷水に入れて火にかける、といった手間をかけるほうがよい。テールの旨味は一度や二度煮こぼしたくらいで簡単に流れ去るようなやわなものではない（なお、リソレせずに煮込むシチューは《英国風》と呼ばれることがある）。

タンのほうは、いったん皮つきのまま茹でてから取り出し薄刃の包丁で皮を剝く。丸ごと、である。皮を剝いてから、二センチ厚くらいにスライスする。

そろそろオーブンのタマネギが甘い香りを撒き散らしはじめた。

もちろんここで香味野菜としてニンジンだのセロリだのを用いるのもよいが、たまたまうちの農園ではセロリもニンジンもほんのわずかの自家用しかつくっていないため、秋の早いうちに食べ尽くしてしまっていまはない。

焼けたタマネギを深鍋に移し、バターを少量加え、さらに上から小麦粉をふりかけてよく炒める。ここで小麦粉が茶色になるまでじっくりと炒めると仕上がりの色がきれいになるが、いずれにせよこのあたりまで来るとタマネギの全体量は相当に縮小しているはずである。このタマネギの上にテールとタンを置き、ラムかコニャックを振りかけてパッと火を入れてフランベしたあと、好みで赤ワインなど少し加え（ワインは全体の酸味を見ながらあとから適宜加えてもよい）、そして最後にテールの煮汁を上から注ぐのである。あとは、鍋の中にニンニクのかけらと月桂樹の葉でも放り込んで（ブーケ・ガルニを入れてもよいが、あまり複雑な香りをつけないというのもひとつのやりかただ）、コトコトと弱火で煮ればよい。

何時間煮るかは好みだが、まあ、二時間も煮れば食べられるようにはなるだろう。こういう長い時間煮込むような料理では、ときどき火を止めて休ませ、再び点火してあためる、という作業を繰り返したほうが味がよくなじむ。

つけ合わせは、幅広のパスタとした。タリアテッレの大型版、と思ってもよい。デュラム・セモリナ（硬質小麦を数回挽き潰した微粒の小麦粉）の粉を、一般のパスタを手打ちするときと同じようにタマゴで溶いてドウをつくり、三十分ほど寝かせてから延ばして切るのである。パスタマシーンがなくても、めん棒で延ばして包丁で切れば——厚さ二ミリ程度、幅は一・五センチくらいにしてみようか——簡単にできる。

セモリナ粉でパスタをつくる場合、粉一〇〇グラムに対してタマゴ一個、というのがちょうどよい硬さにドウを仕上げるための分量の目安だが、今回は五〇〇グラムにタマゴは二個とし、あとの三個分の水分は、フンギ・ポルチーニの戻し汁に替えた。乾燥したフンギ・ポルチーニのスライスを水で戻し、もちろん柔らかくなったフンギのほうもこまかく刻んでパスタに混ぜてしまう。こうすると、パスタはわずかに枯葉色の縞が入った大理石模様となり、もちろんフンギ・ポルチーニの独特の香りが加わってひと味変化する……。

まあ、こんな面倒な台所しごとで遊ぶことができるのも、土が凍って畑の労働から解放される冬ならでは、である。

冬のあいだも、いろいろとやるべきことは山積している。夏のあいだ手をつけられなかった書類や資料の整理、積んどくばかりになっていた本の読破、これからの仕事の構想づくり、それから……。

いろいろあるのだが、気が緩んでしまうせいか、やりはじめてもすぐに疲れが出ていまひとつ長続きしない。

が、どういうわけか、料理だけはどんなに手間のかかる作業でもいそいそとやるのである。それも疲れているときほど、おいしいものがつくりたくなって長時間台所に立つ。私は食べることが大好きだが、つくることのほうがもっと好きなのかもしれない。

## BONNE NUIT A TOUS

夕闇に包まれて一日を終えようとしているヴィラデスト。
疲れた体を旨い料理と酒で癒し、大声で語り、かつ、笑う。
もともと大きな声の私は、周囲に人家のない生活のために、
いっそう大きくなってしまったので、もう都会では暮らせない。
ベッドに入れば、東の空が白む頃に空腹で眼がさめるまで無意識。

# あとがき

私が自分で料理をつくるようになったのは、フランスに留学していた学生時代、貧乏旅行の最中に自炊をはじめたのがきっかけである。以来、結婚しているときもしていないときも、原則として毎日、二十数年にわたって料理をつくり続けている。

レパートリーはフランス料理、イタリア料理、旅で知った各国のエスニック料理、など数多い。もちろん和風の惣菜もひと通りはつくるが、実際に家で食べる料理の割合は、洋食系4、アジア系3、和食3、といったところだろうか。本書にはその中から、客へのもてなし料理、自分へのもてなし料理、日常の定番料理として、繰り返しつくっている品目だけを収録した（ただし日本料理を除く）。何が何グラムというレシピの詳細は記載しなかったが、おもな料理については比較的こまかくつくりかたを記したから、多少の心得のある人は応用することができるだろう。ただし、申し訳ないが、野菜はヴィラデスト農園のとれたてを使わないとヴィラデストの料理にはならない。
写真家の小沢忠恭氏、スタイリング担当の村垣洋一氏とは、十余年前に『玉村豊男のパーティー・クッキング』を製作して以来の友人である。それぞれに年齢と経験を加え、仕事の質もグレード・アップしたことを確認しようと、今回の企画を立てた。そしてほぼ三年間、毎月一回、密度の高い労働を重ねて今回の出版に至ったわけである。料理の準備、撮影の手伝い、あとかたづけにはヴィラデストのスタッフ全員が駆り出され、写真の整理と管理も彼女たちが担当した。ひさしぶりで、チーム全員でやる仕事を、私自身もおおいに楽しんだし、この三年の間に、料理の腕も少し上がったような気がしている。

一九九六年春
ヴィラデストのキッチンにて

玉村豊男

# 文庫化にあたって

ヴィラデストも今年で十年を超えた。ふたりではじめた畑は多数の若いスタッフを抱える農園になり、十歳になったブドウからは上質なワインができるようになった。いま、敷地の奥に小さなワイナリーをつくろうと計画中である。ワイナリーができたら、試飲ができるカフェのような施設もつくるつもりだ。そんなこともあって最近よく『健全なる美食』を読み返すのだが、読むたびに、人と自然に恵まれて好きな料理をつくってこられた自分は幸福者だと思う。本書が手中におさまる新しい版となることで、さらに多くの読者にこの幸福を伝えることができたらと願う。

二〇〇二年秋

再びヴィラデストのキッチンにて

玉村豊男

本書は『健全なる美食』（1996年4月　中央公論社刊）を再構成したものです。

初出『マリ・クレール』1993年9月号～
95年12月号

中公文庫

# 健全《けんぜん》なる美食《びしょく》


2002年11月25日　初版発行
2012年12月30日　4刷発行

著　者　玉村《たまむら》 豊男《とよお》

発行者　小林 敬和

発行所　中央公論新社
〒104-8320　東京都中央区京橋2-8-7
電話　販売 03-3563-1431　編集 03-3563-3692
URL http://www.chuko.co.jp/

編集協力　嶋中事務所
印　刷　大日本印刷（本文）
三晃印刷（カバー）
製　本　大日本印刷




Published by CHUOKORON-SHINSHA, INC.
Printed in Japan　ISBN4-12-204123-6 C1195